「パーパ！　だいすき！」
Name
ラビッツ
∞
Name
カルシーム
∞
Name
リース
∞

Name
リルナーザ
∞
Name
ベラリオ
∞
「すごいわこの服！
すっごく可愛い！」

「……そうか、相棒……お前か……」
Name
金髪勇者
∞
Name
ヴァランタイン
∞
Name
ツーヤ
∞

Level 2～
World Life of the EX-Brave Candidate was Cheat from Lv 2
Lv2からチートだった
元勇者候補の
まったり異世界ライフ9
著 鬼ノ城ミヤ イラスト 片桐

Characters

Chillin Different World Life
of the EX-Brave Candidate was Cheat from Lv2

フリオ

フリース雑貨店を営む元勇者候補。

リース

牙狼族でありフリオの妻。

ワイン（人族の姿）

ハイスペックだが大食いな居候。

ガリル

フリオとリースの息子。
姫女王のことが気になっている。

エリナーザ

フリオとリースの娘。
フリオのことが好き。

リルナーザ

エリナーザの妹。
サベアや魔獣達に懐かれている。

サベア（一角兎の姿）

フリオ家のペット。

ヒヤ

光と闇の根源を司る魔人。

ダマリナッセ

精神世界で修練中の
暗黒大魔導士。

ベラノ

無口で人見知りの
小動物的教師。

ベラリオ

ミニリオとベラノの子供。

llin Different World Life of the EX-Brave Candidate was Cheat from Lv2

Characters

Chillin Different World Life
of the EX-Brave Candidate was Cheat from Lv2

ゴザル

史上最強と言われる元魔王。

ウリミナス

ゴザルの妻にして
魔王時代の側近。

バリロッサ

ゴザルの妻である元騎士。

フォルミナ

ゴザルとウリミナスの娘。

ゴーロ

ゴザルとバリロッサの息子。

カルシーム

元魔王代行でチャルンと共に
フリオ家に居候中。

チャルン

カルシームの
妻的立場の魔人形。

ラビッツ

カルシームとチャルンの娘。
カルシームの頭の上がお気に入り。

スレイプ(人族の姿)

元魔王軍四天王の一人。
娘のリスレイを溺愛中。

ビレリー

元弓士でスレイプの妻。
放牧場の魔馬の管理をしている。

リスレイ

スレイプとビレリーの娘。
少しおませな女の子。

ブロッサム

農作業に精を出す元剣士。

Chillin Different World Life of the EX-Brave Candidate was Cheat from L

Characters

Chillin Different World Life
of the EX-Brave Candidate was Cheat from Lv2

金髪勇者

勇者なのに魔法国から
指名手配中。

ツーヤ

金髪勇者と共に逃避行中。
お財布の中身が心配。

ヴァランタイン

元邪界十二神将の妖艶な魔人。
見た目に反して大食い。

ドクソン

ゴザルの弟にして
仲間想いな新魔王。

フフン

ドクソン側近の
ドMサキュバス。

ベリアンナ

口は悪いが妹想いの
悪魔人族。

アイリステイル

ガリルの同級生で
ベリアンナの妹。

サリーナ

ガリルの同級生。
ガリルに気があるようで……？

闇王

元魔法国の国王にして
闇商会の会長。

エリー（姫女王）

正義感が強い苦労人で
魔法国の女王。

グレアニール

フリース雑貨店で働く魔忍族。

タニアライナ

記憶を失ったフリオ家の
押しかけメイド（神界の使徒）。

llin Different World Life of the EX-Brave Candidate was Cheat from Lv2

Level 2〜

Lv2からチートだった元勇者候補のまったり異世界ライフ 9

Contents

Chillin Different World Life of the EX-Brave Candidate was Cheat from Lv2

第一章 ∞ ……フリオ家、さらに賑やかになる………8

――クライロード世界。
剣と魔法、数多《あまた》の魔獣や亜人達《たち》が存在するこの世界では、人族と魔族が長きにわたり争い続けていた。

しかし、この長きにわたった争いは、人族最大国家であるクライロード魔法国の姫女王と魔王ドクソンの間に休戦協定が結ばれたことで一応の終結を見る事となった。
魔王ドクソンは、唯我独尊であったかつての姿勢を改め、分裂した魔族達を再び魔王の下に集結させるべく、側近のフフンや新四天王となったザンジバル・ベリアンナ・コケシュッティ達とともに忙しい日々を過ごしていた。

一方、クライロード魔法国の姫女王は魔王ドクソンとの協力体制を構築するとともに、魔王軍に属さない魔族達の暴挙を鎮圧し、国内の軍事体制の再編を進めると同時に周辺国家との共闘態勢を維持するために、こちらも忙しい日々を過ごしていた。

この物語は、そんな世界情勢の中ゆっくりと幕を開けていく……

◇ナニーワの街◇

クライロード世界の中心にあるクライロード魔法国。

その首都であるクライロード城から西へ移動した地にナニーワの街がある。

内地に位置し、魔王領と接しておらず、東西への街道が整備された要衝の地であるこの街は、古くから商業都市として栄えていた。


そんなナニーワの街の一角……

多くの人々が行きかっている表通りから奥に入った場所にある建物。

その近くの日影になっている地面の上に、突然魔法陣が展開しはじめた。

その魔法陣は隠蔽系の魔法がかけられているらしく、近くを往来している人々はその存在にまったく気付いていていない。

程なくして、魔法陣の中から扉が出現した。

ギィ……

その扉が開くと、中からフリオとリースが姿を現した。


――フリオ。

勇者候補としてこの世界に召喚された異世界の元商人。

召喚の際に受けた加護によりこの世界のすべての魔法とスキルを習得している。

今は元魔族のリースと結婚しフリース雑貨店の店長を務めている。

――リース。

元魔王軍、牙狼族《がろう》の女戦士。

フリオに敗れた後、その妻としてともに歩むことを選択した。

フリオのことが好き過ぎる奥様でフリオ家みんなのお母さん。

転移扉の向こうにはホウタウの街にあるフリオの家が見えている。

「天気がよくてよかったですわ、風がとっても気持ちいいです」

リースは、被《かぶ》っている白い帽子を押さえながら笑みを浮かべていた。

いつもの白いワンピースに、薄い青色のカーディガンを羽織っているリースは、フリオの隣に移動すると、その腕に自らの腕をそっと絡ませた。

そんなリースに、いつもの飄々《ひょうひょう》とした笑顔を向けるフリオ。

二人は笑顔を交わすと、表街道に向かって歩き始めた。

「確かにナニーワなら扱っている商品数も多いけど、わざわざここ《ここ》までこなくてもよかったんじゃないかな？」

「確かにそうなのですが……」

フリオの言葉に、唇に人差し指をあてながら少し考えこむリース。

「ホウタウで入手出来る布《あそこ》もだいたい使い尽くしたといいますか、せっかく新しくみんなの服を作るのですし、今回は何か新しい布を使ってみたいと思いまして」

フリオに視線を向けると、リースは笑みを浮かべた。

「何しろ、旦那様と私の新しい子供のためですから！　エリナーザとガリルの時にも気合が入りましたけど、今回もそれに勝るとも劣らないくらい気合が入りまくっているんです！」

フリオに顔を近づけながら、熱く語るリース。

そんなリースに、フリオは笑顔で頷《うなず》く。

「そうだね。確かに、僕とリースの娘、リルナーザのためだし、それに一緒の日に生まれたカルシームとチャルンの娘のラビッツや、ミニリオとベラノの子供のベラリオにも似合う服を着せてあげたいもんね」

（……しかし、あのリースがまさかここまで裁縫が上手になるなんて夢にも思わなかったな……結婚してすぐの頃は、裁縫どころか料理すらほとんどまともに出来なかったのに……バリロッサ達と共同生活を始めるにあたって、一家の主《あるじ》である僕の妻としてみんなの世話ができないのは許されないって言って、すっごく頑張ってくれたんだよな……）

牙狼族の女であるリース。

牙狼族は最も強い者を筆頭として群れで暮らす習性をもっている。

群れの者たちの世話は、群れの長《おさ》の配偶者が中心になって行うのだが、リースもまたその習慣を身に付けており、フリオ家の長であるフリオの妻として、フリオ家で暮らす者たちの世話をするのが当たり前と考え、そのための努力を惜しまなかったのである。

(僕や、みんなのために……)

隠れるようにして料理学校や裁縫学校に通い、家事のスキルを高めていったリース。

その事に思いをはせるフリオ。

「……リース」

「はい、なんでしょうか旦那様」

「いつも本当にありがとう……愛してる」

そっとリースを抱き寄せる。

その胸に顔をうずめる格好になったリースは、耳まで真っ赤になっていた。

「あ、あの……だだだ旦那様……たたた大変うれしいのでございますが、その……不意打ちで言われますと私も心の準備が……と、申しますか……は、はわわ……」

視線を泳がせ、ワタワタしながらもフリオを抱き返すリース。

(……あぁ、もう……旦那様ったら、いきなりなんですから……でも、幸せ……)

目を閉じ、フリオの胸に顔をうずめているリース。

そんなリースを笑顔で見つめているフリオ。

二人はしばらくそのまま抱き合っていたが、程なくして、フリオはハッとなった。

転移扉から離れたため、隠蔽魔法を解除していたフリオ。

そのため、抱き合っているフリオとリースは、街道の皆の注目の的になっていたのである。

「まぁまぁ、仲の良いことで」

「こんな街中でよくやるねぇ」

そんな声に気が付いたフリオは、

「そ、そろそろ店に行こうかリース」

苦笑しながらその場から足早に移動していった。

「あ、あん……旦那様……」

フリオに手を引かれながらも、リースは不満そうな表情を浮かべていた。

（……もう、続きは後でたっぷりしてもらいますからね！）

そんなことを考えているリース。

二人の姿は、あっという間に人ごみの中へと消えていった。

◇◇◇

街道から商店街へと入ったフリオ達は、程なくして一軒の店の中へと入っていった。

そんな二人の姿に気が付いたらしい、一人の女が笑みを浮かべた。

「おや？　久しぶりだねぇ、フリオの旦那。いらっしゃい」

いつものように店内の柱にもたれかかりながら客の様子をのんびり見回していたこの店の女主人フェタベッチは、キセルをその口元から離し、細く長い煙を吐き出しながら二人の方へと歩み寄っ

た。

「こんにちはフェタベッチさん。魔法煙草《たばこ》の具合はいかがですか」

「えぇ、すごく重宝しているよ。以前の煙草だと売り物に匂いがついちまうから、店の外で吸わなきゃならなかったんだけどさ、この魔法煙草はいいねぇ。煙もすぐに消えちまうし匂いもほとんど出やしないんだからさ」

フリオの前に、笑顔でキセルを差し出すフェタベッチ。

「喜んでもらえて何よりですけど、吸い過ぎにはくれぐれも……」

「はいはい、わかってるって、ホントフリオの旦那は真面目だねぇ」

苦笑するフリオに、フェタベッチはクスクスと笑みを浮かべた。

「ところで、フリオの旦那が来たってことはウチの店の布をご所望なんだろ？　さぁ、好きなだけ見てってくんな。このナニーワの街のシルクフリースには、古今東西ありとあらゆる布が揃《そろ》っているからさ」

フェタベッチが店主を務めているナニーワの街の老舗布問屋シルクフリースは、クライロード魔法国だけでなく周辺国からも広く布や服などを手広く仕入れて卸売りしており、フリオが経営しているフリース雑貨店の仕入れ先の一つであった。

「ありがとうございます。今日は個人的に、と、いいますか、妻が新しい布を見たいと言うものですから」

「えぇ、もちろん大歓迎ですよ。奥方様、遠慮なくみてってくださいな」

フェタベッチがにっこりと笑みを浮かべると、リースは笑顔で頭を下げた。

「ありがとうございます。早速拝見しますね」

すでに店内を見回しているリース。

周囲の壁一面に棒状に巻かれた反物が所狭しと収納されており、店内には様々な衣服が隙間無く陳列されている。

リースは、それらを目を輝かせながら見回していたのだが、

「旦那様が言われていましたとおり、このお店はすごくたくさんの布や衣類を扱っているのですね。あら、あの布素敵ですわ……あ、あっちの服、変わったデザインですね……」

目を輝かせながら店内を見て回り始めた。

様々な布を手で触っては感触を確かめ、時にそれを頬に当てて肌触りを確かめていく。

そんなリースの様子を、フリオはいつもの飄々とした笑みを浮かべながらみつめていた。

（……はじめて出会った時には、リースのこんな笑顔を見守ることが出来るなんて思いもしなかったな……）

フリオとはじめて出会った時、リースは幼女の姿に変化しており、フリオや、リースを捕縛しようとしたバリロッサ達に対し敵意を剝《む》き出しにして対峙《たいじ》していた。

（……しかし、子供達のために布を選ぶリースの顔に、その面影は微塵《みじん》も感じられない）

そんなリースの様子を、フリオはフェタベッチから渡されたお茶を飲みながら笑顔で見つめ続けていた。

◇その頃　ホウタウの街フリオ宅◇

ホウタウの街を覆っている城壁の外側にフリオ宅がある。

広大な敷地には、放牧場と農場が広がっている。

その放牧場と農場をつないでいる道を、三人の子供達が歩いていた。

背の高い男の子と小柄な女の子に挟まれながら歩いている一際小柄な女の子は、笑みを浮かべながら左右の人物を交互に見つめていた。

「ガリル兄様と、エリナーザ姉様とお散歩出来て、リルナーザとっても楽しいです！」


——リルナーザ。

フリオとリースの三人目の子供。

魔族であるリースの血の影響で成長が早く、人種族の三歳児程度にまで成長している。


そんなリルナーザと手をつないで歩いている女の子——エリナーザは、笑顔を返した。

「いいこと、リルナーザ。あなたは生まれてまだ間がないのですから、絶対に一人で出歩いてはいけませんよ」


——エリナーザ。

フリオとリースの子で双子の姉、リルナーザの姉。

しっかり者でパパの事が大好き。

魔法の能力に才能がある。


エリナーザに続いて、反対側を歩いている男の子——ガリルがニカッと笑みを浮かべながらリルナーザを見つめた。

「何かあったら、俺や姉ちゃんがすぐに駆けつけるけどさ、危ないとこに一人でいっちゃ駄目だからな」


——ガリル。

エリナーザの双子の弟でリルナーザの兄。

いつも笑顔で気さくなおかげでホウタウ魔法学校の人気者。

身体能力がずば抜けている。


心配そうな表情を浮かべながらリルナーザを見つめているガリル。

そんなガリルの顔を、リルナーザは笑顔で見つめ返した。

「はい、わかりました！　リルナーザは絶対に一人でおでかけしません！　それに、父様や母様、エリナーザ姉様やガリル兄様と一緒にお出かけした方が楽しいですから！」

元気な声でそう言うと、大きく頷くリルナーザ。

……すると、

バサバサッ！

リルナーザの真上で羽ばたく音がしたかと思うと、背に巨大な竜の羽を有している女の子が急下降し、そのままリルナーザを背後から抱きしめた。

「あはは！　リルリル～！　元気～！」

「あわわ!?　わ、ワイン姉様ですか!?」

背後から抱きしめられそのまま抱きかかえられたリルナーザは、最初こそ目を白黒させたものの、自分を抱き上げているのがワインだとわかると途端に笑顔になる。

――ワイン。

龍族最強の戦士と言われている龍人《ドラゴニュート》。

行き倒れになりかけたところをフリオとリースに救われ、以後フリオ家にいついている。

エリナーザ達の姉的存在。

「はい！　リルナーザは元気です！」

「うんうん！　リルリルが元気だとワインも嬉《うれ》しい！　パパンもママンも、エリエリもガリガリもみんなみんな、み～～～～～んな嬉しいの！」

満面の笑みを浮かべながらリルナーザに頬ずりをしていくワイン。

被っている帽子がずり落ちそうになるのを両手で押さえながら、リルナーザも笑顔を返していく。

「はい！　リルナーザも嬉しいです！」

「うんうん！　ワインもリルリルをいっぱい守ってあげるの！」

笑顔でそんな会話を交わしていると、不意に突風がふいた。

その風で、ワインが身にまとっているポンチョ風の服がめくれあがったのだが……

「ちょっとワイン姉さん！　また！」

顔を真っ赤にしながらワインの服を押さえるエリナーザ。

「あ、あわわ……お、お尻が丸見え……」

慌ててそっぽを向くガリル。

そう──ワインは、下着を身につけていなかったのである。

そこに、

「ワインお嬢様！」

背に天使の羽を有しているメイド服の女性が舞い降りて来た。

「あ、タニタニ！」

「タニタニではありません！　私はタニアでございます」

──タニア。

本名タニアライナ。

神界の使徒であり強大な魔力を持つフリオを監視するために神界から派遣された。

ワインと衝突し記憶の一部を失い、現在はフリオ家の住み込みメイドとして働いている。


「え～、でもでも、タニタニの方が可愛《かわい》いと思う」

「可愛いとかそういうのは結構です。それよりもこれを！」

ワインに向かって両腕を伸ばすタニア。

伸された腕の先、その右手にはワインのブラジャーが……そして左手にはパンツがそれぞれ握られていた。

「ワインお嬢様、外出なさる際には必ず下着を身につけてくださいとお願い申し上げているでしょう？　ちゃんとベッドの上に準備しておきましたのに……」

真剣な表情のタニア。

そんなタニアを前にして、ワインは不服そうに口を尖《とが》らせる。

「え～……だってぇ、それ、暑苦しいから嫌いなのなの～」

「ワインお嬢様は龍族ですので、体温が高いためにダブッとした服を好まれるのは理解いたします。ですが、年頃の女性なのですから、その辺りをしっかりと自覚していただきませんと……」

「や～の！」

「駄目です！」

「いやったらいや～の！」

下着を差し出すタニア。

身をよじって逃げるワイン。

「は、はわわぁ!?」

そんなワインに抱っこされているリルナーザは、振り回されながら素っ頓狂な声をあげていた。

『ふんすふんす！』

そんなワインの足元に、サベアがすごい勢いで駆け寄ってきた。


——サベア。

元は野生の狂乱熊《サイコベア》。

フリオに遭遇し勝てないと悟り降参し、以後ペットとしてフリオ家に住み着いている。

普段はフリオの魔法で一角兎《ホーンラビット》の姿に変化している。


一角兎《ホーンラビット》姿のサベアは、後ろ足で立ち上がるとワインの足にしがみついた。

「あれあれ？　サベサベどうしたの？」

『ふんす！　ふんふんす！』

「え？　あ!?　リルリルが目を回してるの!?　ごめんごめん」

サベアの言葉を理解したのか、サベアがリルナーザの方を見つめたことで察したのか、ワインは慌ててリルナーザを地面に降ろした。

「はらほろひれです～……」

地面にへたり込んだリルナーザは頭をクラクラさせている。

そんなリルナーザの側《そば》に、サベアが駆け寄っていく。

「もう、ワイン姉さんたら、リルナーザはまだ幼いんですから気を付けてあげてくださいね」

そこに、エリナーザも歩み寄る。

そのエリナーザが立ち止まった。

その視線の先……地面にへたり込んでいるリルナーザの周囲には、サベアだけでなく、放牧場で飼育されている魔馬達がその背後に近づき、空を飛んでいた小鳥達まで肩や帽子の上にとまり、リルナーザの事を心配しているようだった。

エリナーザはその光景に目を丸くする。

「……以前からサベアが懐いているとは思っていたけど……リルナーザって動物に好かれるスキルでも持っているのかしら？」

エリナーザの言葉に、首をひねるタニア。

「いえ……先日フリオ様がお調べになった時には、スキルは所持していらっしゃらなかったはずなのですが……」

「ってことは、生まれつき動物や魔獣達に好かれてるってことなのか。リルナーザってばすごいな」

後方から歩み寄ってきたガリルが感嘆の声を上げながらリルナーザの頭を撫《な》でていく。

「え、えへへ……ガリル兄様に褒められて嬉しいです」

ガリルに頭を撫でられながら、リルナーザは嬉しそうに笑みを浮かべた。

リルナーザが笑顔になると、魔馬や小鳥達も嬉しそうな声をあげながらリルナーザに顔や体をすり寄せていった。

◇◇◇

街道で和気藹々《わきあいあい》と笑い合っているリルナーザ達を、牧場の中から魔馬達の世話をしていたリスレイが見つめていた。

「リルちゃんってば、相変わらず魔馬達に好かれてるわねぇ」

腰に手を当てながら首をかしげているリスレイ。


——リスレイ。

スレイプとビレリーの娘で、死馬《しば》族と人族のハーフ。

しっかり者でフリオ家の年少組の子供達のリーダー的存在。

フリオ家の放牧場はスレイプとビレリーが主となって管理している。

放牧場の中には、かつて魔王軍四天王の一人であったスレイプの部下である魔馬族の者達と、フリオやスレイプ達が山野で捕縛してきた野生の魔獣の馬達が共存しているのだが、魔獣の魔馬達のほとんどがリルナーザの近くへ歩み寄っていた。

（……いいなぁ……私の事も実の姉のように慕ってくれているけど……あんな可愛くて魔獣馬達に愛されている本当の妹がいたらなぁ……）

そんな事を考えているリスレイ。

その背後に歩み寄ってきた大柄な男は、リスレイを後方から抱きかかえると、そのまま一気に抱きあげた。

「はっはっは！　リ～スレイ！」

「ちょ!?　ちょっとパパ!?」

リスレイを抱き上げた大柄な男——スレイプは、高らかな笑い声をあげながらリスレイに頬ずりをしていく。


——スレイプ。

元魔王軍四天王の一人。

魔王軍を辞し、フリオ家に居候しながら馬系魔獣達の世話などを行っている。

内縁の妻に迎えたビレリーと一人娘のリスレイを溺愛している。

「どうしたのだリスレイよ？　まるで『あんな可愛くて魔獣馬達に愛されている本当の妹がいたら

なぁ』とでも考えているような顔をして」

「うぇ!? ぱ、パパってば、なんで私が考えている事がわかるのよ!?」

スレイプの言葉に目を丸くするリスレイ。

その言葉を聞くと、スレイプは更に高笑いをした。

「はっはっは、何しろワシはリスレイのパパなのじゃからな、それぐらいわかって当然じゃ!」

そう言うと、スレイプはリスレイを地面に降ろした。

しばらく放牧場の中を見回すと、

「おぉ、ビレリーよ、そこにおったか!」

管理棟に牧草を運び込んでいる細身の女性――ビレリーへ向かって駆け出していく。

「え? あ、スレイプ様~、どうかなさいましたかぁ?」


――ビレリー。

元クライロード城の騎士団所属の弓士。

今は騎士団を辞め、フリオ家に居候し馬の扱いが上手《うま》い特技を生かし、馬系魔獣達の世話をしながら、スレイプの内縁の妻・リスレイの母として日々笑顔で暮らしている。

笑顔でスレイプを見つめているビレリー。

そんなビレリーの下に駆け寄ってきたスレイプは、いきなりビレリーをお姫様抱っこの要領で抱き上げた。

「え!?　あ、あの!?　す、スレイプ様!?」

「うむ、リスレイの要望でな、妹作りを頑張るとしよう！」

「ふ、ふぇ!?　い、今からですかぁ!?」

スレイプの言葉に、ビレリーは顔を赤く染めた。

スレイプが、そんなビレリーの顔をのぞき込む。

途端に、ただでさえ赤くなっているビレリーの顔がさらに真っ赤になっていく。

「うむ？　嫌なのか？」

「い、嫌……ではないですけどぉ……」

「はっはっは、なら問題ないではないか」

高笑いをすると、そのままフリオ家に向かってスレイプは駆け出す。

ビレリーを抱きかかえたまま家の中に入っていったスレイプを、リスレイは顔を真っ赤にしながら見つめていた。

「……ホント……パパとママってば、相変わらず仲良しというかなんというか……」

そんな事を口にしながら、小さくため息をついた。

◇◇◇

家の中に駆け込んでいったスレイプの姿を、フリオ家の庭から見つめていた女性がいた。

大柄な男性相手に剣を振るっていたその女性――バリロッサはその手を止めた。


――バリロッサ。

元クライロード城の騎士団所属の騎士。

今は騎士団を辞め、フリオ家に居候しながらフリース雑貨店で働いている。

ゴザルの二人の妻のうちの一人で、ゴーロの母。


「おや？　ビレリーとスレイプ殿は、いきなりどうしたというのだ？」

怪訝《けげん》そうな表情を浮かべているバリロッサに、その向かいで剣を振るっていた大柄な男――ゴザルは腕組みをした。


――ゴザル。

元魔王ゴウルである彼は、魔王の座を弟ユイガードに譲り、人族としてフリオ家の居候の立場で暮らすうちに、フリオと親友といえる間柄となっていた。

今は、元魔王軍の側近だったウリミナスと元騎士のバリロッサの二人を妻としている。

フォルミナとゴーロの父でもある。

「……ふむ、ビレリーが怪我《けが》でもしたのか……」

「あぁ、そうかもしれないな」

ゴザルの言葉に頷くバリロッサ。

そんな二人の言葉を聞いていたウリミナスは、その顔に苦笑を浮かべた。


――ウリミナス。

魔王時代のゴザルの側近だった地獄猫《ヘルキャット》族の女。

ゴザルが魔王を辞めた際に、ともに魔王軍を辞め亜人としてフリース雑貨店で働いている。

ゴザルの二人の妻のうちの一人で、フォルミナの母。

「……いやいやいや、あれはどう見ても真っ昼間っから夫婦の営みをいたそうとしているようにしか見えないニャ……」

クイクイ……

ボソッと呟《つぶや》いたウリミナスの腕を、その横に立っていたフォルミナが引っ張った。


――フォルミナ。

ゴザルとウリミナスの娘で、魔王族と地獄猫《ヘルキャット》族のハーフ。

ゴザルのもう一人の妻であるバリロッサにもよくなついている。

ガリルの事が大好きな女の子。


怪訝な表情を浮かべながら、フォルミナはウリミナスを見上げた。

「ねぇねぇウリミナスママ、『いたそうとしている』って、なんなの？」

小首をかしげるフォルミナに対し、思わず苦笑するウリミナス。

「ウニャ!?　あ、あぁ……えっと……そ、そう、あの二人はとっても仲良しニャから、家の中で仲良くいたそうとしに行ったのニャ」

「ふ～ん、そうなんだ。でも、ゴザルパパとウリミナスママとバリロッサママの方が仲良しだよね」

「う、ウニャ……ま、まぁ、そうニャね」

「フォルミナ知ってるよ！　パパとママが仲良しだと、フォルミナとゴーロに弟か妹が出来るんだよね！」

「ニャ!?」

「ねぇねぇ、いつ？　いつ出来るの？」

数ヶ月前まで妊娠中だったリース・ベラノ・チャルンのお腹《なか》を触りまくっていたフォルミナは無邪気にウリミナスのお腹を触っていく。

「あ、あニョ……えっと、なんというか……」

「ねぇねぇ？　いつ？　いつ？」

「あ、あはは……え、えっと……」

かつて魔王の側近として魔王軍を指揮していた地獄猫《ヘルキャット》族ウリミナスも、娘であるフォルミナの質問攻撃の前にはタジタジになっていたのであった。

そんな二人を他所《よそ》に、ゴザルはバリロッサに向かって剣を構え直す。

「バリロッサよ、剣の稽古の続きをするとしようか」

「あぁ、そうだな。よろしく頼む」

ゴザルに向かい、バリロッサも剣を構え直した。

騎士であるバリロッサは、毎日のようにゴザルと剣の鍛錬に勤《いそ》しんでおり、今日も日課をこなしている……の、だが……

……しかし……

眼前に立っているゴザルを見つめながら、思わず苦笑するバリロッサ。

その視線の先――剣を構えているゴザルの頭上にはゴーロの姿があった。

――ゴーロ。

ゴザルとバリロッサの息子で、魔王族と人族のハーフ。

ゴザルのもう一人の妻であるウリミナスにもよくなついている。

口数が少なく、姉にあたるフォルミナの事が大好きな男の子。

最近、ゴザルの頭上に登るのがマイブームなゴーロ。

そんなゴーロのために、人型に変化しているゴザルも、ゴーロが握るために魔王の証《あかし》である角を具現化させ、落下しないようにしていた。

その角を摑《つか》んでいるゴーロは、気持ちよさそうな寝息を立てている。

一見するとのどかな光景なのだが、バリロッサはその光景を見つめながら自嘲気味な笑みを浮かべていた。

(……剣の鍛錬とはいえ私は本気で打ち込んでいるというのに、ゴザル殿はそれをこともなげにいなしながら、頭上のゴーロを熟睡させているとは……わかってはいたが、私はまだまだ未熟だな……最近はガリルにもまったく歯が立たなくなってきているし……)

ゴザルはふと、そんなバリロッサの表情の変化に気がついた。

「うむ?　どうしたバリロッサよ。疲れたのであれば今日はここまでにするか?」

「いや、大丈夫だ。もう少しお願いする」

バリロッサは、一度首を左右に振ってから剣を構え直す。

その様子に、ゴザルは満足そうな笑みを浮かべた。

「それでこそバリロッサだ」

「バリロッサママ頑張れ～!」

そんなバリロッサに、フォルミナが笑みを浮かべながら声援を送る。

その言葉に笑顔を向けると、バリロッサは再びゴザルに向かって剣を振っていく。

再び剣を交え始めた二人の横で、ウリミナスへのフォルミナの質問攻めが続いていた。

◇◇◇

ビレリーをお姫様抱っこしたままフリオ家に駆け込んできたスレイプは、リビングの横を駆け抜けると階段を駆け上がっていった。

二人がかなりの勢いで駆け込んできたにもかかわらず、リビングに集まっていた一同はそちらへ一瞥《いちべつ》すらすることなく、目の前へと視線を向けていた。

「……このヒヤ、かなり昔からこの世界の事を見聞きしておりますが……魔人形が子を生《な》す可能性があるとの文献を目の当たりにしたことはありますが、あくまでも可能性の話であると理解しておりましたのに」

いつもの布地を体に巻き付けているヒヤは、前方をマジマジと見つめていた。

――ヒヤ。

光と闇の根源を司《つかさど》る魔人。

この世界を滅ぼすことが可能なほどの魔力を有しているのだが、フリオに敗北して以降、フリオのことを『至高なる御方《おんかた》』と慕い、フリオ家に居候している。

その横で、ヒヤと同じ姿勢をとりながら前方を見つめているダマリナッセ。

——ダマリナッセ。

暗黒大魔法を極めた暗黒大魔導士。

ヒヤに敗北して以降、ヒヤを慕い修練の友としてヒヤの精神世界で暮らしている。

「ホント、何度見てもびっくりですよねぇ……」

目を丸く見開き、前方を見つめているダマリナッセ。

そんなヒヤとダマリナッセの前方には、左右に三人ずつの人物の姿があった。

二人の右側、そこには小柄な女性と男の魔人形、そしてさらに小柄な人物が立っていた。

「……あ、あの……な、なんだか恥ずかしい……」

その女性——ベラノはヒヤとダマリナッセの視線が恥ずかしいのか頬を赤く染めながらモジモジしていた。

——ベラノ。

元クライロード城の騎士団所属の魔法使い。

小柄で人見知り。防御魔法しか使用出来ない。

今は騎士団を辞め、フリオ家に居候しながらホウタウ魔法学校の教師をしている。

その横に立っている魔人形――ミニリオは、そんなベラノを気遣い背中をポンポンと叩《たた》いていた。

――ミニリオ。

フリオが試験的に生みだした魔人形。

フリオを子供にしたような容姿をしているためミニリオと名付けられた。

ベラノのお手伝いをしているうちに仲良くなり、今はベラノの夫。


ベラノを挟んでミニリオの反対側に立っている小柄な人物は、ニコニコ笑みを浮かべながらミニリオと同じようにベラノの背中をポンポンと叩いた。

そんな二人へ交互に視線を向けるベラノ。

「……あ、ありがと……ミニリオ……それにベラリオ……」


――ベラリオ。

ミニリオとベラノの子供。

魔人形と人族の子供という非常に稀少《きしょう》な存在。

容姿はミニリオ同様フリオを幼くした感じになっている。

中性的な出《い》で立《た》ちのため性別が不明。


ベラノにお礼を言われたのが嬉しいのか、ベラリオはベラノに抱きついた。

更に顔を真っ赤にするベラノ。

「……!?」

（……は、はわわ!? ふ、フリオ様そっくりなベラリオに抱きつかれてしまったら……た、ただでさえ毎日顔を合わせるだけでドキドキしているっていうのに……）

父と兄を魔王軍との争いで失っているベラノは、フリオの事を実の父、実の兄のように慕っていたのだが、その思いが強くなりすぎて憧れの男性として意識していた。

ただ、フリオにはすでに妻のリースがいたため、その思いを封印していたのだが、フリオそっくりな魔人形のミニリオに一目惚《ひとめぼ》れしてしまい、子供が出来るまでの間柄になってしまっていた。それは、普段の無口で奥手なベラノからは想像出来ない行動であった。


ベラリオに抱きつかれて真っ赤になっているベラノ。

すると、反対側に立っているミニリオまでもがベラノに抱きついた。

左からベラリオ、右からミニリオに抱きつかれたベラノは、顔どころか衣服から出ている手や太

ももまで真っ赤にしていた。

「……も、もう……駄目……」

直後に、鼻血を出しながら後方に倒れこむ。

意識を失っているその顔には、どこか満足そうな笑みが浮かんでいた。

そんなベラノが床に倒れこむ寸前に抱きかかえることに成功したミニリオとベラリオは、左右からベラノを抱きかかえたまま、三人の自室がある二階に向かって駆け出していった。

「……ふむ……もう少し観察させていただきたかったのですが、致し方ありませんね」

残念そうなため息をついたヒヤは、その視線をもう一方へと向けていく。

その視線の先には、カルシームとチャルンが立っていた。


——カルシーム。

かつて魔王代行を務めていた骨人間《スケルトン》族。

一度消滅したもののフリオのおかげで再生し、今はフリオ宅に居候している。


——チャルン。

かつて魔王軍の魔道士によって生成された魔人形。

破棄されそうになっていたところをカルシームに救われ、以後行動を共にしており、今はカルシームと一緒にフリオ家に居候している。

そして、カルシームの頭上に、一人の女の子が抱きついていた。

カルシームよりも大きいその女の子は、器用にカルシームの頭上に乗っかりながら嬉しそうに笑みを浮かべている。

「あ〜、ラビッツちゃんや……ワシの頭上を気に入ってくれているのは嬉しいのじゃが……常にこうじゃと、さすがにワシも首の骨が辛《つら》いというか……」

苦笑しながら頭上の女の子——ラビッツに声をかけるカルシーム。


——ラビッツ。

カルシームとチャルンの娘。

骨人間族《スケルトン》と魔人形の娘という非常に稀少な存在。

カルシームの頭上に乗っかるのが大好きで、いつもニコニコしている。


そんなカルシームの顔をのぞき込むと、ラビッツはニカッと笑みを浮かべた。

「あい！　パーパ！」

そう言うと、カルシームの頭に頬ずりをするラビッツ。

「う、うむ……わ、わかってくれたのか、わかっていないのかちょっとわかりかねるのじゃが……」

「まぁ、よろしいではありんせんか。ラビッツもカルシーム様のことが大好きだからこその行動でございましょうから」

その横でにっこり微笑《ほほえ》むチャルン。

その言葉に、ラビッツは更に笑顔を輝かせた。

「あい！　パーパ、マーマ、だいすーき！」

そんなラビッツへ近づいたヒヤとダマリナッセは、その体を頭の先から手足の先までくまなく見つめていく。

「……ふむ……骨人間族《スケルトン》とのハーフでありながら、それらしき肉体的特徴はありませんね」

「かといって、魔人形のように関節に節があるわけでもないし……」

「……どちらの種族の特徴も兼ね備えていないとは……」

首をひねりながらラビッツを見回している二人。

「あら？　そんな事などどうでもよいではありんせんか」

そんな二人に向かって、チャルンはにっこりと微笑む。

「大事なのは、ラビッツがカルシーム様と、このチャルンの愛の結晶であるということ、でありんしょう？」

チャルンが笑みを浮かべながらラビッツの頭を撫でると、ラビッツは気持ちよさそうに目を細めた。

そんなリビングの様子を、キッチンから見つめているブロッサム。

◇◇◇

――ブロッサム。

元クライロード城の騎士団所属の重騎士。

バリロッサの親友で、彼女とともに騎士団を辞めフリオ家に居候している。

実家が農家だったため農作業が得意で、フリオ家の一角で広大な農園を運営している。

「収穫した野菜を台所に運んで来たのはいいけど、なんかえらい惚気《のろけ》の場面に出くわしちまったなぁ」

ブロッサムは苦笑しながら後頭部をかいた。

「……しかし、バリロッサとビレリーに続いてベラノまで子供が出来て……なんかアタシだけ取り残されちまったなぁ。田舎の親父《おやじ》が聞いたら、またぞろ見合い話を持って来そうで怖いなぁ」

ブロッサムは自嘲気味に笑いながら、野菜の入ったカゴを床の上に並べていく。

「ぐふふ、ブロッサム様、誰かお忘れではありませんかな?」

そんなブロッサムの後方で、野菜の搬入を手伝っていたゴブリン――ホクホクトンが、格好つけたポーズを決めながら話しかけた。

――ホクホクトン。

元魔王軍の兵士。

仲間のマウンティ一家とともにブロッサムの農場で住み込みで働いている。

大家族のマウンティ一家とは違い独身。


「ん？　お忘れ……って？」

怪訝そうな表情を浮かべるブロッサム。

そんなブロッサムに対し、ホクホクトンは髪をかき上げる仕草をしてみせた。

「ぐふふ、ほら、例えばブロッサム様の目の前に超イケてる独身ゴブリンがですな……」

そんなホクホクトンの目の前で、周囲を見回すブロッサム。

「は？　何言ってんだお前？」

「え？　あ、いや……ですからですな、目の前に……」

「ははは……冗談は口だけにして、とっとと運び込みを済ませちまおうな」

ブロッサムは引き気味に苦笑すると、野菜の入っているカゴを勝手口の外に止めている荷車から運び込んでいく。

「う、うむ……そ、そうでござるな……」

渾身《こんしん》のポージングを完全無視された格好のホクホクトンは、若干落ち込みながらもブロッサムに続いて荷車へと足を向けていった。

家族が増えたフリオ家は、今日も賑《にぎ》やかだった。

◇しばらく後・ナニーワの街　シルクフリース店内◇

しばらくシルクフリースの店内にある商品をあれこれと物色していたリースは一枚の布を手にとり、フェタベッチの下へ歩み寄った。

「あの、フェタベッチ様、この布と同系統の物がもう少し見たいのですが……」

そう言いながら、色鮮やかな網目模様の布をフェタベッチの前へ差し出した。

「ほほぉ……奥方様、面白い布に目をつけられたねぇ」

フェタベッチは、顎の下に手をあてながらその布をマジマジと見つめながら、

「リルリル、ちょいとおいで」

店の奥で帳簿と在庫をチェックしていた番頭のリルリルへ向かって声をかけ、右手で手招きをする。

「はいはいぃ。なんでございますかぁ、フェタベッチ様ぁ」

リルリルは、その全身をゴテゴテした飾りが付きまくっているフリフリな衣装に身を包んでおり、そのスカートをふわふわさせながら、フェタベッチ達の方へスキップしながら歩み寄ってきた。

フェタベッチは、リースが持っている布を指さし、

「この布ってねぇ、確かこないだ他国の商売人が持ち込んだやつだよね？　在庫はあったかい？」

そうリルリルへと尋ねた。

リルリルは、その布へ、自らの顔を接近させて布を確認すると、

「……はい、そうですねぇ、はじめて持ち込みをされた商売人さんでしたのでぇ、とりあえずお試しってことで少しだけ買い取りしたのでぇ、多分これが最後の一枚のはずですよぉ」

両手を広げ、肩をすくめた。

「そうですか……う～ん、残念ですね。この布、とっても気に入ったのですが……」

リースは、残念そうな表情を浮かべながら口元に右手をあてがった。

そんなリースに、フェタベッチは軽く頭を下げると、

「この布は、素材としてはとてもよい品なんですけど、色合いや柄がかなりカラフルというか、独特というか……そういった点がクライロード魔法国の流行《はや》りとはかなり違うものですから、服の材料としていまいち人気がないって感じでしてねぇ、ちょっと扱いづらい布なのよ……斬新で面白みがあるとは思うんだけどねぇ」

リースが手にしている布を改めて見つめながら、そう告げた。

リースとフェタベッチが、その布のことで談笑している中、フリオはリースの持っているその布に右手をかざしながら、天井の方をじっと見つめていた。

「……この布を持ち込んだ商人って、西方に向かっていますか？」

「え？……あ、あぁ、そうだね……西方の砂漠を越えた向こうにあるインドルって国から来たって言ってたから、商談を終えて国に向かっているのかもしれないねぇ」

「そうですか……なら、まだ間に合うかな」

「間に合うって……え？　まさかこれから追いかける気ですの？　あの商人が来たのはかなり前ですし、いくらフリース雑貨店の荷馬車が速いといっても今から追いつくのは難しいんじゃないでしょうかねぇ……途中砂漠もありますし、最近クライロード城で試験的に就航しているっていう噂《うわさ》の魔導船でもあれば話は別でしょうけど……」

苦笑するフェタベッチ。

そんなフェタベッチに、フリオはいつもの飄々とした笑みを向けた。

「ありがとうございます。でも、妻がせっかく気に入っているみたいですし、幸いその商人の荷馬車にはまだ布がたくさんあるみたいなので、頑張ってみます」

「あ、あの……旦那様、本当によろしいのですか？」

リースはフリオに向かっておずおずと声をかける。

そんなリースににっこり微笑むフリオ。

「いつも家族のために家の事を頑張ってくれているリースのためだからね。これぐらいどうってことはないよ」

「旦那様……」

フリオの言葉に感動しているリースは、頬を赤く染めながらフリオに抱きつく。

そんなリースをフリオは優しく抱きしめた。

「布の痕跡から検索した結果、フェタベッチさんの言う通り荷馬車は砂漠の中を進んでいるみたいだから、すぐに向かおう」

そう言うと、フリオはリースが手にしていた布の支払いを済ませた。

「あら？　ちょっと多いんじゃありません？」

「いえいえ、いつもお世話になっているお礼ってことで」

「お世話になっているのはこっちもですわ。フリース雑貨店の荷馬車を利用させてもらえているおかげでシルクフリース《ウチの店》の商品の運搬がすごく助かっているんですし……って……あ、あら？」

店を出たフリオとリースを慌てて追いかけるフェタベッチ。

しかし、フェタベッチが店の外に顔を出すと、そこに二人の姿はどこにもなかった。

「……リルリル、お二人の姿見えるかい？」

「……いえ……気配すらありませんねぇ」

周囲を見回し、フェタベッチとリルリルは互いに顔を見合わせながらしきりに首をひねり続けていた。

◇数刻後・西の砂漠◇

フリオとリースは、龍化したワインに騎乗しクライロード魔法国のはるか西方にある砂漠の上を飛行していた。

ナニーワの街から転移魔法で自宅へ戻ったフリオとリース。

フリオの転移魔法は、一度行ったことがある場所へ移動出来る。

しかし、西の砂漠へ行ったことがなかったフリオは、一度自宅に戻り地図を確認したあと、飛《ひ》翔《しょう》魔法で移動しようと考えていた。

そんな折にタニアに下着を身につけるよう強要され、室内に逃げ帰っていたワインと出くわし、

「パパンとママンおでかけ？　おでかけ？」

「うん、ちょっと西の砂漠まで行って来る予定なんだ」

「西の砂漠なら、まおー軍にいた時によく行ってた！　行ってた！　ワインにお任せお任せ！」

言うが早いか家の外に飛び出し、翼龍《ワイバーン》化したワイン。

「じゃあ、せっかくだから」

と、そんなワインに騎乗し、一路西の砂漠へと旅立っていったのであった。


「しかし、ほんとワインは速いね」

高速で流れていく周囲の光景を見ながら感嘆の声を漏らすフリオ。

隣のリースを気遣い、腰に手を回している。

「……でも、もう少しゆっくりでもいいのですよ、ワイン」

フリオにもたれかかりながら、頬を赤く染めているリース。

フリオに抱き寄せられ、身を預けているリースは、その状況を目一杯満喫していた。

(……こうして一緒に空のデート……なんて素敵な時間なのでしょう)

リースはうっとりしながらフリオに頬をすり寄せる。

嬉しさのあまり、牙狼族の尻尾が具現化しており、左右に激しく振られ続けていた。

『だいじょぶ！　だいじょぶ！　ワインね、南の海でも東の島国でも北の雪国でも西の砂漠でもひとっ飛びなの！　なの！』

翼竜姿のワインは、嬉しそうな声をフリオ達にかけた。

同時に、巨大な羽をさらに羽ばたかせて加速していく。

その背で、フリオはウインドウを表示させていた。

そのウインドウの中には、砂漠の地図が表示されている。

「あの布で調べた反応は、もう少し行ったあたりみたいだけど……」

フリオは、ウインドウの表示と前方の光景を交互に確認していた。

◇その頃・西の砂漠のある場所◇
どこまでも続く砂漠の中を一台の荷馬車が西へ向かって移動し続けていた。

大型の荷馬車は、背にコブのあるラクーダという生き物が牽引《けんいん》している。

ラクーダは蹄《ひづめ》が大きく、砂地に足がめり込むことなく進むことが出来るため、砂漠越えをする商人達がこぞって使役していた。

その荷馬車の操馬台に座るのは二人の男女。

手綱を握っている小柄な女は、額の汗を拭うと小さく息をはいた。

「今日も暑いですけど、砂嵐が起きないうちに頑張って砂漠を一気に突っ切っちゃいましょう。旦那様は、砂百足《すなむかで》に注意してくださいませね？」

見た目は幼女ながらも、すでに百五十歳を軽く超えているハイエルフのルナは、前方を注視しながら、手綱を引き締めていく。

その横に座っている男——人族のエストはルナの言葉に大きく頷いた。

「あぁ、わかった。周囲の警戒はまかせとけ！」

そう言うと、エストは周囲へ視線を向けた。

直射日光を避けるために、お揃いのフード付きポンチョを身につけている二人。

小柄なエストは操馬台から必死に体を伸ばしていた。


荷馬車の周囲は焼けた砂の熱が絶えず上がって来ており、操馬台の二人を疲弊させている。

「クライロード魔法国へ向かうには、どうしてもこの砂漠を通過しないといけないとはいえ……この暑さはホントかなわないな」

「まぁまぁ旦那様、今回の遠征は終わったわけですし、早く帰って一休みしましょうね」

額の汗を拭っているエストに、腰につけている水袋を差し出すルナ。

水袋を受け取り、水を口に含んだエストは肩をすくませながら水を飲み、大きなため息をついた。

「……お前は気楽じゃな……俺達さ、インドル国内がゴタゴタしてるから、一ヶ月かけてクライロード魔法国の城下街とこの国最大の交易都市ナニーワに売り込みに行ったけどじゃな、ナニーワの街のシルクフリースっていう商店に見本を渡すことが出来ただけで……完全に売り込みに失敗して帰国している最中なんじゃよ？　このままインドル国に戻っても、今のままじゃまともな商売が出来るとは思えないし……今回の遠征のために仕入れた布の代金、返せる目処《めど》がたってないんじゃよ？」

エストは再度大きなため息をついた。

（……今回仕入れた布はどれも絶対に売れるって自信をもってたんだけど……ひょっとして俺の目利きって……）

思わず表情を暗くするエスト。

そんなエストの肩をルナは笑顔で叩いた。

「まぁ、嘆いてもしかたないのですね。でもね、旦那様が仕入れてくる品物がどれもすごくいい品なのは、この私が保証しますのね。見本を見た人の中にも、その良さがわかってくださる方がいるはずなのです。つまり、次回にご期待なのですね！」

ルナはエストの肩を叩きながら楽しそうに声をあげた。

一方のエストは、笑い続けているルナへ視線を向け、

「……お前はいつも前向きじゃなぁ」

口元に笑みを浮かべた。

（……そうじゃな……ルナも布がさっぱり売れなかったことで落ち込んでいるはずなのに、俺を励まそうと努めて明るく振る舞ってくれているわけなんだし……俺も、いつまでもクヨクヨしてたら駄目じゃな……）

そんな事を考えながら、エストは再び荷馬車の周囲に視線を向けていく。

その様子に、ルナは満足そうに頷いた。

「そうなのです！　笑っていれば幸運が向こうから駆け寄ってくるのね！　お客もそのうち飛ぶようにしてやってくるのですよ」

笑みを浮かべながら、エストの肩を再び叩くルナ。

……その時だった、

不意に、二人の周囲が何かの影に覆われた。

「……な、なんですのね!?」

「な、なんじゃ!?」

ルナとエストは互いに顔を見合わせると、同時に空を見上げる。

そして、

「な、なんじゃあ!?」

「な、なんですのね!?」

同時に素っ頓狂な声をあげた。

二人の視線の先、荷馬車の上空に赤い鱗《うろこ》の巨大な翼龍《ワイバーン》が飛翔していたのである。

「わ、わ、わ、翼龍《ワイバーン》!?」

「ま、まさか……俺達を食べに来たっていうのか!?」

ルナとエストは抱き合いながら、ガタガタ震え始めた。

身の危険を感じたラクーダも、必死になって速度をあげる。


そんな二人の視線の先を飛翔している翼龍《ワイバーン》は、荷馬車の少し先に向かって速度をあげ、頭部を砂の中に突っ込んだ。

周囲に砂が舞い上がり、地響きが荷馬車を揺らす。

「「ひ、ひぃぃぃぃぃ!?」」

途端に、抱き合ったまま震え上がる二人。

そんな二人の眼前に着地していた翼龍《ワイバーン》は、しばらく砂の中で頭を動かしていたのだが、不意にその首を持ち上げた。

「へ!?」

「あ、あれは……」

翼龍《ワイバーン》の頭部を確認した二人は目を丸くした。

その口には、巨大な砂百足《すなむかで》が咥《くわ》えられていたのである。

翼龍《ワイバーン》は、巨大な砂百足を宙に放り上げると、噛《か》み砕き、飲み込んでいく。

すごい勢いで砂百足を口にする翼龍《ワイバーン》は、一分もかからずに全てを平らげてしまった。

「あ、あわわ……す、凄《すご》すぎるのね……」

「あ、あの凶暴な砂百足をあっという間に食べ尽くしちゃうじゃなんて……」

目の前で繰り広げられた光景に、抱き合ったまま先ほど以上に震え上がるエストとルナ。

そんな二人の前で、

グェップ

砂百足を食べ尽くした翼龍《ワイバーン》は満足そうな表情を浮かべながら大きなゲップをした。

同時に、口の端から炎が漏れる。

その光景を前にして、エストとルナはその場から動くことも出来なくなっていた。

そんな二人の前に首を下げる翼龍《ワイバーン》。

すると、その背から男女が降りてくる。

その二人は、操馬台で震え上がっているエストとルナの下へ歩み寄ると、

「失礼ですが、ナニーワの街でこの布を販売なさっていた方で間違いありませんか？」

いつもの飄々とした笑みを浮かべながら言葉をかけるフリオ。

その手には、シルクフリースで購入した布が握られていた。

その布を確認したエストとルナは、互いに顔を見合わせると、

「は、はい……確かにその布は……」

「俺達がナニーワの街に売りに行った布じゃけど……」

フリオへ視線を向けながら、怪訝な表情を浮かべていた。

◇◇◇

「そうですか、俺達の布を買いにわざわざ追いかけてきてくださったんですか」

フリオが準備した椅子に座っているエストは、対面に座っているフリオに笑顔を向けていた。

上空にはフリオが魔法で召喚した半円状の巨大なパラソルが浮かんでおり、フリオ達が座っている一帯への直射日光を遮断している。

それだけでなく、冷却魔法も展開しているらしく、砂漠の真ん中だというのにパラソルの下は快適な気温になっていた。

そんなフリオを見つめているエスト。

（……す、すごいなこのフリオって人……日よけだけならともかく、砂漠の気温を冷却する魔法まで展開しながら、平然としているなんて……それに……）

エストは、その視線をフリオの後方へ向けた。

そこには、翼龍《ワイバーン》の姿から人型へ変化したワインの姿があった。

「は～、涼しい！　涼しい！」

フリオの後方で気持ちよさそうに伸びをしているワイン。

（……砂百足を物ともしない龍人《ドラゴニュート》まで使役しているなんて……ほんとすごいな、この人……）

……すると。

「やっぱり！　この方が扱っていらっしゃる布って、どれもとっても素敵ですわ！」

フリオ達の近くに停車しているエストの荷馬車の中からリースの歓喜の声が聞こえてきた。

「奥方様ってばとってもお目が高いのね！」

続いて、ルナの嬉しそうな声が聞こえてくる。

二人は、荷馬車の中に積まれているエストの売り物である布を商談していた。

お目当てだった布を前に目を輝かせているリースの前で、ルナは荷馬車のあちこちのみならず、自分の体のいたるところにまで布をぶらさげて、リースに一枚でも多くの布を見てもらおうと奮闘していた。

「これらの布は全て、私の旦那様、エストが吟味に吟味を重ねた上で仕入れてきた布でありますのね。奥方様に気に入っていただけて感動しているのね！」

ルナは、ドヤ顔の表情を浮かべながら胸を張っていた。

馬車の外でルナの言葉を聞いていたエストは、

「……あ、あのさルナ……君は俺の店に押しかけ店員としてやってきて、いつの間にか俺の家で住み込みで働いてくれているけどさ……俺らは別に夫婦ってわけじゃあ……」

苦笑しながら、馬車の中を見つめる。

しかし、リース相手にセールストークとご機嫌取りに必死なルナは、エストの言葉などまったく耳に入っていなかった。

フリオは、そんなエストの様子に苦笑していた。

（……そうはいいながらも、リースの相手を全て任せているわけだし、信頼しているのは間違いないみたいだね）

フリオは、いつもの飄々とした表情を浮かべながら荷馬車の方へ視線を向けていた。

すると、荷馬車の中からリースが顔を出した。

「ちょっとワイン、こっちに来て！　服を合わせてみたいから」

「わかった！　ママン！　すぐに行くの！　行くの！」

リースに呼ばれたワインは、笑顔で駆けだした。

荷馬車に入ったワインを確認すると、フリオはその視線を改めてエストへ戻した。

「僕達は一息つきませんか？」

腰につけている魔法袋から水筒を取り出し、エストへ差し出す。

「あぁ、どうもすみません」

エストは、恐縮しながら水筒を受け取った。

「妻がすごく気に入ったみたいですし、エストさんを追いかけてきて正解でしたよ」

いつもの飄々とした笑顔を向けるフリオ。

エストは、その言葉にうれしそうに微笑んでいた。

「そう言ってもらえて何よりです……ここだけの話、クライロード魔法国のどこの店に売り込みに行っても、反応がいまいちでさっぱり売れなくて……正直なところ自分の目利きの自信を無くしかけていたものですから……」

照れくさそうに笑いながら後頭部をかくエスト。

そんなエストに、フリオはその肩を軽く叩いた。

「僕も雑貨屋を営んでいますけど、やっぱり商売は難しいと思います……自分が、これはいいと思って仕入れたものが全然売れなかったり、その逆もまたしかりでして……でも」

フリオは、エストの顔を正面から見つめた。

「自分自身が心の底から自信を持って『これはいい』、そう思える品は、きっと誰かがわかってくれる。僕は、そう信じていますよ」

（……って……これって、僕が元いた世界で勤めていたスペード商会の会長の受け売りなんだけど……）

そんな事を考えながら、いつもの飄々とした笑みを浮かべるフリオ。

エストは、フリオの言葉をしばらく口の中で反芻《はんすう》しながら、フリオの顔を見つめ返していた。

（……きっと誰かがわかってくれる……）

……その時、

「……あの、旦那様……少しよろしいですか？」

荷馬車から顔を覗《のぞ》かせたリースが、フリオに向かっておずおずと声をかけた。

その後方には、布を体に巻き付けまくっているワインとルナの姿があった。

「なんだい？　リース」

立ち上がったフリオは、リースの方へと歩み寄る。

リースは、そんなフリオの耳元に口を寄せると、ボソボソと何事か話しかけた。

フリオはリースにいつもの飄々とした笑みを返しながら頷いた。

その場でエストへ顔を向けるフリオ。

「エストさん、実はですね、妻が荷馬車の中の布をすごく気に入ったみたいでして」

「そうですか、そりゃありがたいです」

「それでですね、荷馬車の中の布を全て買い取らせてもらってもよろしいですか？」

「えぇ、そりゃあもう……って……」

営業スマイルを浮かべていたエストの表情が固まった。

「……え？……えっと……フリオさん……今、なんて……」

フリオの言葉の意味を理解出来ていないのか、椅子に座ったまま固まっているエスト。

そんなエストに、フリオは笑みを浮かべている。

「こんな我《わ》が儘《まま》一度も言ったことがない妻が、どうしてもと言うものですから。それだけあなたの商品が素敵だということなのでしょう」

「そ、そうですか！　そ、そりゃありがたいです！　本当にありがとうございます！」

笑顔のフリオの前で、エストはようやく満面の笑みになった。

リースの後方から顔を出していたルナもまた、両手でピースをしながら満面の笑みを浮かべていた。

「奥方様に目一杯売り込みした私のおかげもあるんですよね。こんな働き者の奥様を持てて幸せですよね？」

「……だから、君は俺の嫁じゃなくて俺の店の店員だってば……でもまぁ、大事な人には違いないんじゃけど……」

後半小声になりながら、エストは後頭部をかいた。

エストの様子に、思わず笑みを浮かべるフリオ。

砂漠の真ん中に、しばらく笑い声が響いていた。

◇その夜・ホウタウの街フリオ宅◇
夕食後のリビングで、微笑んでいるリース。

「旦那様に購入していただいた布を使って、早速服を作ってみたんですけど、どうですか？」

「すごいわこの服！　すっごく可愛い！」

「リース母様、この服とっても素敵なのです！」

リースの言葉に笑みを浮かべながらはしゃいでいるエリナーザとリルナーザ。

色彩豊かな布を使用した服を身につけている二人は、新しい服を見つめながら嬉しそうな笑みを浮かべていた。


「ほんと、これすごくいいよ、リースおばさま！」

二人の後方でリスレイも嬉しそうな声をあげている。

「うむうむ、超絶可愛いワシのリスレイがさらに可愛くなっておるではないか！」

「ほんとですねぇ、みんなとっても似合ってます～」

リスレイを見つめながら、スレイプとビレリーも笑みを浮かべていた。

ただ、ビレリーがどこか疲れ気味な表情をしていたのは、気のせいではないような……

「ママン、これすごく可愛いの！　可愛いの！」

新しい布で作製されたポンチョを身にまとっているワインは、満面の笑みを浮かべながら飛び跳ねていた……のだが、布がめくれあがり露《あら》わになったワインの体には下着が身につけられていなかった。

そこに、タニアがすかさず駆け寄る。

「ワインお嬢様！　ですから下着は必ず着けてくださいとあれほど言っていますのに」

「やーの！　下着嫌い！　嫌い！」

逃げ出すワイン。

その後方を、下着を手に追いかけるタニア。

二人は、リビングの中を追いかけっこし始めた。

「これ、可愛いの！」

「……うん、フォルミナお姉ちゃん、とっても可愛い……」

その場でクルクル回転しながら満面の笑みを浮かべているフォルミナ。

そんなフォルミナを、ゴーロが横から見つめていた。

その頬が赤く染まっている。


「なんか、これ、強くなったみたいだな！」

ガリルは、満面の笑みを浮かべながらリビングに備え付けられている大鏡の前でポーズを取っていた。

その横で、ベラリオもガリルの真似《まね》をするかのように同じポーズを取っている。


「……ラビッツちゃんも、とっても似合っていると思うのじゃが……」

カルシームは、リースが作ってくれた服を身につけているラビッツの姿を見ようとしているのだが、ラビッツがカルシームの頭上に抱きついているため、どう頑張っても見ることが出来ずにいた。

そんなカルシームを他所にラビッツは、

「パーパ！　だいすき」

満面の笑みを浮かべながらいつものようにカルシームの頭に頬ずりしていた。

「ふふ……ラビッツ、とっても素敵でありんす。カルシーム様も、とっても素敵でありんすえ」

そんな二人を、チャルンが笑顔で見つめていた。


リビングの中は、リースが作製した服を身につけた子供達の歓声で満たされていた。

リースは、その声を聞きながら嬉しそうに笑みを浮かべていた。

「まだまだ布はいっぱいありますから、もっともっと色々な服を作ってあげますからね」

その手には布が握られており、今も新しい服を作製している最中だった。

その手元を、バリロッサとベラノ、ウリミナスが興味深そうに見つめていた。

「さすがはリース様……その腕前、すごすぎます……」

「……（コクコク）」

「魔王軍にいた頃は、料理すらまともに出来ニャかったはずニャのに、いつのまに裁縫まで完璧になったんニャ……」

「あら、これくらいみんなもすぐに出来るようになりますよ。なんでしたら一緒にやってみますか？」

「ほ、本当ですかリース様！　わ、私もゴーロの服を自分の手で作ってみたく……」

「……わ、私もミニリオとベラリオの服を……」

「あ、アタシは柄じゃニャいけど……でもまぁ、一着くらいニャら……」

そんな一同を、腕組みして見つめているゴザル。

「ふむ……ヒヤにダマリナッセよ、お前達もたまには違う服を着てみてはどうだ？」

「……いえ、お気遣いはありがたいのですが、このヒヤ、この衣服が気に入っておりますゆえ……」

微笑を湛《たた》えながら一礼するヒヤ。

「アタシは思念体ですし、それにこの衣装は暗黒大魔法を極め、ダマリナッセの名を継承した証でもあるんで」

苦笑しながら後頭部に手を当てているダマリナッセ。


リビングの中では、フリオ家の皆の楽しげな会話が続いていた。

フリオはいつもの飄々とした笑みを浮かべながらリビングの中を見回していた。

（……あの布を定期的に購入したいけど、インドル国とクライロード魔法国って、荷馬車で片道一ヶ月はかかるんだよな。放牧場の魔馬達を使っても半月はかかるだろうし……魔導船が使えればいいんだけど、一隻しかない魔導船は魔王軍と人族の休戦の証としてクライロード城下街と魔王山プリンプリンパークを往復しているし……）

あれこれ考えを巡らせていくフリオ。

ポンポン

そんなフリオの足を、一角兎《ホーンラビット》姿のサベアが叩いた。

「ん？　どうしたんだいサベア？」

フリオは身をかがめ、サベアへ視線を向けた。

そこには、リースが作ってくれたスカーフ風の布を首に巻いて、ドヤ顔をしているサベアの姿があった。

フリオは、そんなサベアににっこり微笑んだ。

「うん、とっても似合ってるよサベア」

フリオが右手の親指をグッと立てる。

そんなフリオに、

「ふんす！」

ご満悦な様子のサベア。

この日のフリオ家は、遅くまで賑やかな声が響きわたっていた。

◇クライロード城・姫女王執務室◇

クライロード城内にある姫女王の執務室。

夜も更けつつある時間であるにもかかわらず、姫女王はこの部屋に籠もったまま書類仕事を続けていた。

――姫女王。

好き勝手な振る舞いを繰り返していた国王の父を追放し、自ら王になった苦労人。

正義感が強く、常に国民のために頑張っているため誰からも愛されている。

反面、心配性で気苦労が絶えない日々を送っている。


姫女王は回覧されてくる全ての書類に隅々まで目を通し、事細かに指示を出していた。

そのため、連日遅くまで仕事をこなしていた。


（……最近は第三王女が財務関係の書類チェックを手伝ってくれているおかげで少し楽になりましたけど……いえ、弱音を口にするわけにはいきません）

左右に首を振ると、改めて書類の束へ視線を向ける。

そこに置かれていた一通の書簡を手に取る。

「これは……第二王女からですね……」

裏面に書かれている「ルーソック」の文字を確認した姫女王は、書簡の内容を確認していく。


――第二王女。

本名ルーソック。

社交的な性格を活《い》かし、クライロード魔法国の周辺国家との外交を担当している。

「西方のインドル国内で不穏な動きがあり、有事に備えておいてほしいとのことですが……」

書簡を読み終わった姫女王は大きなため息をついた。

「……インドル国となりますと、通常の行軍では片道一ヶ月はかかってしまいますし、魔道士を動員して転移魔法を使用したとしても一度に移動出来る距離ではありません……それに、有事がすでに発生しているわけでもありませんので、騎士団を派遣するわけにもいきませんし……」

姫女王は眉間にシワを寄せながら考えを巡らせていく。

魔王軍との間に休戦協定が結ばれたものの、相変わらず頭を抱えることが多い姫女王であった。


その時、姫女王の左手の薬指で何かが明滅しはじめた。

慌てて純白のロンググローブを外すと、左手の薬指にはめられている指輪が露わになった。

途端に、姫女王の顔がパァッと明るくなる。

慌てた様子で髪を手でとかし、たたずまいを確認してから指輪にはめられている魔石を触ると、指輪の上空にある人物の上半身が映し出された。

「ガリルくん、こんばんは！」

『エリーさんこんばんは！　今、お時間いいですか？』

「えぇ、大丈夫ですよ」

その人物——ガリルの言葉に満面の笑みを返す姫女王。

この指輪——執務で忙しく、なかなかガリルと会えない姫女王のためにフリオが作製した物であった。
通信魔石が埋め込まれており、セットになっているガリルの指輪と会話が可能になっている。以前の通信魔石では会話を交わすことしか出来なかったのだが、フリオが改良したおかげで相手の顔を見ながら会話を交わす事が出来るようになっていた。

書類に向かっていた時の険しい表情とはうって変わり、姫女王は頬を赤く染めながら満面の笑みを浮かべていた。

『今日さ、母さんが新しい服を作ってくれたんだけど、見えるかな？』

「今身につけている服ですか？　えぇ、とっても素敵ですね」

楽しそうに話しかけてくるガリル。

そんなガリルを笑顔で見つめている姫女王。

姫女王にとって、ガリルとの会話が執務の活力になっていた。

◇◇◇

姫女王の執務室の扉をノックしかけたボラリスは、中から聞こえてくる姫女王の楽しげな声に気付き、その手を止めた。

――ボラリス。

姫女王の親衛隊長として姫女王の身辺警護を行っている女騎士。

男装の麗人で、男性よりも女性からの人気が高い。

(……この楽しげな声……おそらくガリルくんとお話なさっているのですね……)

連日激務に追われている姫女王にとって、ガリルとの会話が活力になっていることを理解しているボラリスは、無言のまま扉から離れた場所で待機した。

(……急ぎの案件でもありませんし、ガリルくんとの会話が終わってからでも大丈夫でしょう……)

そんな事を考えているボラリスの眼前、執務室からは時折姫女王の楽しげな笑い声が漏れ聞こえていた。

◇魔王城・玉座の間◇

この日、魔王ドクソンは玉座の間にいた。

――魔王ドクソン。

かつてユイガードとして暴虐な魔王であったが金髪勇者と旅をし精神的に成長。

ドクソンと名を改めて以降、魔族のために小さな事からコツコツと頑張っており日に日に評価が高まっている。


ベランダに立ち、城門の方へ視線を向けていると、

「魔王様」

後方から、フフンが歩み寄ってきた。


――フフン。

魔王ドクソンの側近のサキュバス。

魔王就任前からドクソンの片腕として忠誠を誓うドM。


「フフンか……何かあったか？」

「はい、四天王コケシュッティ様が、元魔王代行であられましたカルシーム様とその奥方チャルン様の第一子誕生のお祝いの品を届けるために出立なさったとの連絡がございましたので、お知らせにまいりました」

右手の人差し指で伊達《だて》眼鏡をクイッと押し上げながら報告するフフン。

ドクソンは、その言葉に頷いた。

「そうか……本来なら俺が直々に出向いて祝いの品を渡したかったんだが、ここんところ予定が目白押しだからな」

「人族との休戦協定に納得していない魔族達を説得しに出向かないといけませんので……心中お察しいたします」

魔王ドクソンの言葉に頷くと、フフンは右手の人差し指で伊達眼鏡をクイッと押し上げた。

「しかしあれだな……フフンよ、見てみろ」

窓の外へ視線を戻し、右手の人差し指でそちらを指さす魔王ドクソン。

その先には城門があった。

「城門前がずいぶんと賑やかになりましたわね」

「あぁ、以前の商店街に店を出してた魔族達《ヤツら》が軒並みこっちに移転してきたからなぁ」

「おかげで城門前に新しい商店街が出来たわけですが、とても評判が良いみたいです。以前の魔王城商店街では怪しい商会が法外なショバ代を徴収していたようですが、新しい商店街をとりまとめているフリース雑貨店魔王城前支店はショバ代を一切請求せず、売上の一部を魔王城に納めるよう話をしてくださっています。フリース雑貨店が率先して納めてくださっているものですから、他の魔族達も納得した上で売上の一部を納めてくれています」

「おかげで魔王城の財政事情もずいぶんよくなったんじゃねぇか？」

「はい、魔王城で働いている皆に、滞りなく給与を支給出来る体制が整いましてございます」

フフンの言葉に、満足そうに頷く魔王ドクソン。

そんな魔王ドクソンを、フフンは真正面から見つめた。

「……ところでドクソン様、あの件はいかがいたしましょう?」

「あれか……」

フフンの言葉を聞いた魔王ドクソンは眉間にシワを寄せた。

「誘拐した魔族を使った生体実験を行っているヤツらがいるって話だが……どうだ、何か情報は掴めたのか?」

「申し訳ありません……今のところ有力な情報は……」

「そうか……わかった、調査を続けてくれ」

魔王ドクソンの言葉に、少しびっくりしたような表情を浮かべるフフン。

ユイガードを名乗っていた頃であれば、

『なんでまだ何も掴めていないんだ! このうすのろが!』

と、怒声をあげながらフフンをぶん殴っていたはずなのだが……

(……放浪の旅からお戻りになってからの魔王ドクソン様は本当に変わられた)

魔王ドクソンを見つめながら、フフンは頷く。

(……でも……たまには、以前のように思いっきりぶん殴ってほしい気もするのですけど……)

そんな事を考えながら、フフンは頬を赤く染めた。

魔王ドクソンの側近フフン。

生粋のドMである。

◇魔王城商店街◇

魔王城から離れた場所にある魔王城商店街。

かつて魔王領内最大の歓楽街であった場所に三人の人影があった。

「……お、おい……これはどういうことだ？」

中央に立っている恰幅《かっぷく》のいい男が、肩をワナワナ震わせながら声を絞り出した。

その言葉に、男の左右に立っている二人の女達は困惑した表情を浮かべている。

「……そ、そう言われましてもコン……」

「何が何だか、さっぱりわからないココン……」

それぞれ、金色と銀色のチャイナドレスを身につけている二人の女は、周囲を見回し続けていた。

その一帯は、魔族領内で一番の繁華街であり数ヶ月前までは所狭しと様々な店が軒を連ね、多くの魔族達が客として行き来していた。

……の、だが……

今、三人の前に広がっているのは、無人の廃墟《はいきょ》と化した繁華街であった。

「……こ、これでは、闇商会の収入源が……」

ワナワナと唇を震わせる男……この男こそ、闇商会の会長である闇王であった。

――闇王。

かつてクライロード魔法国の国王だった男。

王位に就いていた頃から裏で闇の商いを行っており、王の座を追われてからは闇王として闇商会の営業を本格化させていた。

「銀角狐《ぎんつのぎつね》……これはまずいんじゃないコン？」

「金角姉《きんつの》さん……アタシもそう思うココン……」

二人の女は互いに顔を見合わせながら眉間にシワを寄せていた。

――金角狐《きんつの》。

かつて魔王軍の西方を治めていた、金色好きな魔狐族の姉。

闇王と手を組み闇商会を運営し、裏社会からのし上がろうとしている。

呆然《ぼうぜん》としている三人。

そんな三人の後方から小柄な男が駆け寄ってきた。

「闇王様」

「ん……おぉ、お前はこの商店街の店舗を任せていたダークエルフの店主ではないか。この商店街の状況はいったいどうしたというのだ？」

「そ、それが……」

闇王の言葉に、片膝を突いているダークエルフの店主は額に汗をにじませた。

「魔王城前に、人族の店が出来たのを覚えていらっしゃいますか？」

「うむ……あの、ホウタウとかいう田舎町に本店を構えている弱小店であろう？」

「そ……その店がですね、自分達の店舗の周囲に商店街の店舗を誘致しはじめまして……気がついた時には商店街のほぼ全ての店があちらへ移転してしまい……」

ダークエルフの男はそう言って布袋を差し出す。

一段高くなっている場所に立っている、銀色のチャイナドレスに身を包んでいる妖艶な女性——

銀角狐《ぎんつの》は、男から受け取った布袋の中を確認しながら忌々しそうに舌打ちした。


——銀角狐《ぎんつの》。

かつて魔王軍の西方を治めていた魔狐族の妹。

元クライロード魔法国王だった闇王と裏で手を組み魔王の座を狙っていたが失敗した。


「なら、その忌々しい店を叩き潰してやればいいココン」

銀角狐《ぎんつの》はお尻の辺りから狐の尻尾を具現化させ、爪を伸ばす。

「わ、私達もそうしようとしたのですが、その度に……」

ダークエルフの店主がそこまで言ったところで、その背後に数人の人影が出現した。

「……そんな事はさせない」

黒装束で、顔に狼《おおかみ》のマスクを着用しているその人物達。

「な、何者だ貴様ら」

声を張り上げる闇王。

「……我々はウルフレギオン。ウルフジャスティス様の配下としてフリース雑貨店とその仲間達の店を守る者」

各々手に武器を構え身構えるウルフレギオンの者達。

その一同を指さしながら体を震わせるダークエルフの店主。

「こ、こいつらです！　いつもこいつらが邪魔を……」

「ウルフジャスティスの配下って……手強《てごわ》いって事コン……」

「こ、これは、分が悪いココン……」

額に汗を滲《にじ》ませながら後ずさりする金角狐《きんつの》と銀角狐《ぎんつの》。

「こ、これはもう……」

「逃げるが勝ちココン！」

そう言うが早いか、金角狐《きんつの》と銀角狐《ぎんつの》は魔狐へと姿を変えた。

金角狐《きんつの》が闇王を、銀角狐《ぎんつの》がダークエルフの店主を咥えて全速力で駆けていく。

「……逃がさない！」

その後を、ウルフレギオンの者達が追いかけていく。

このウルフレギオン……

その正体は、元魔王軍にしてウリミナス直属の配下だった諜報《ちょうほう》機関『静かなる耳』に所属していた魔忍族達であり、グレアニールを中心として構成されている。

——グレアニール。

元魔王軍ウリミナス配下の諜報機関『静かなる耳』の一員だった魔忍族。

ウリミナスが魔王軍を辞した際、ともに魔王軍を辞し、以後フリース雑貨店の配達員として働いている。

「……闇王と魔狐姉妹、今日こそ逃がさない！」

唇を噛みしめながら、グレアニールは全力で疾走していく。

その前方で、魔狐姉妹は必死になって駆けた。

金角狐《きんつの》に咥えられている闇王は、忌々しそうに舌打ちしながらウルフレギオン達を見つめる。

「くそう……これでは魔王城商店街は諦めるしかないではないか……こうなったら、他国で金を稼ぐしかないか……」

逃げる闇王一行。
追うウルフレギオン一行。
その追いかけっこは、魔王城商店街を抜け森の中へ続いていった。

◇ホウタウの街・フリオ工房◇

ホウタウの街の郊外にあるフリオ宅。

その裏手には、木造三階建てに増築された工房がある。

ここでフリオは、ヒヤ・ダマリナッセ達《たち》とともにフリース雑貨店で販売するための魔法道具などを生成していた。

そんな工房の二階の一室にフリオの姿があった。

「これが今回生成した粉薬です」

「確かに頂戴いたしました」

神界の使徒であるゾフィナは、フリオから受け取った紙袋を手にすると恭しく一礼した。

そんなゾフィナに、フリオは申し訳なさそうに頭を下げ返した。

「こちらこそ、毎回少ししか準備出来なくてすみません」

「な、何をおっしゃいます!?　厄災魔獣の死骸をこの粉薬に調合するのは神界の神族の皆様ですら難しいのです。それを定期的に作製することが出来るフリオ殿のおかげで、どれだけの神族の女神様がお喜びに……」

「え？　女神様？」

フリオは、ゾフィナの言葉にきょとんとした表情を浮かべた。

「確かその薬って、神族の皆さんに使用可能な数少ない薬だとお聞きしていたと思うのですが、女神様限定で使用されているのですか？」

「あ、いえ、言い間違えました。女神様だけでなく他の神々の方々も喜んでいらっしゃいます、はい」

ゾフィナは平静を装いながら言葉を取り繕った。


フリオが作製している粉薬は、クライロード世界の人族や魔族、亜人に使用すれば猛烈な治癒効果をもたらすだけでなく、神界の神族にも同様の効果をもたらす。

さらに、その効果の中には皮膚組織を若返らせ、見た目年齢を相当若くするというものがあることまで確認されており、そこに目をつけた神界の女神達がこぞってこの粉薬を欲しがった。

結果としてゾフィナの下に、

『あの粉薬を分けてほしい！』

『次はいつ入手出来るの？』

そう言っては、連日殺到していた。

フリオは、その代価として粉薬の代金を受け取るだけでなく、本来神族しか立ち入ることが出来ない神界の下部世界であるドゴログマへ自由に出入りすることを認められており、そこで自由に狩猟する権利も与えられていたのであった。

（……いけないいけない……女神の方々が、自分自身の美のために粉薬を求め、この私をこの世界に遣わしていることがバレてしまったら、フリオ殿に呆《あき》れられかねないではないか……）

「で、では、私はこれで失礼いたします……次はまた十日後に……」

「了解しました。少しでも多く作れるよう頑張っておきますね」

すると、フリオの言葉を聞いたゾフィナは、左手に具現化した大鎌を一振りする。

ゾフィナは、フリオナの眼前の空間が切り裂かれ、大きな裂け目が出現した。

ゾフィナは、フリオに再度一礼すると、その裂け目の中へ姿を消していった。

ゾフィナの姿が消えると同時に、裂け目も消え去っていく。

そんな二人のやりとりを部屋の入り口付近で見ていたヒヤは、その顔に微笑を浮かべた。

「ゾフィナ殿はまだバレていないとお思いなのでしょうね……あの薬を神々がどのように使用なされているのか、と、いうことを……」

「そりゃしょうがないと思うよ……僕の粉薬目当てで女神様達が人族に化けてフリース雑貨店に来ているなんて夢にも思ってないだろうしね」

フリオの言葉通り……

ゾフィナの粉薬を待ちきれない神界の女神達は、自らの使徒や使い魔を駆使、時には自ら出向いて粉薬の出所を調査し続けていた。

ゾフィナもその動きは察知しており、フリオの下に女神達が殺到しないよう十二分に配慮していたのだが……

紅茶を持って来たタニアは、フリオとヒヤの会話を聞いていたらしく、小さくため息をついた。

「最近、フリース雑貨店の粉薬購入希望者の列に、人族に変化した女神の使徒や使い魔の姿が増えて来ておりますし……いやはや、困ったものですね」

「……神界の女神も女ということでしょう。人族の女と同じように、常に美しくありたいと思うのでしょうね」

タニアから受け取った紅茶を口に含みながら苦笑するヒヤ。

そんなヒヤの言葉にフリオも苦笑いを浮かべた。

「でもまぁ、きちんとルールを守ってくれている分には目をつぶってあげないといけないかなと思うけど……」

紅茶を口に含むと、その顔にいつもの飄々《ひょうひょう》とした笑みを浮かべる。

「それよりも、粉薬の原料になっている厄災魔獣をもっと狩りにいかないとね。他にも使用したい案件が出来ているし」

「粉薬だけでなく、ですか?」

フリオの言葉に小首をかしげるタニア。

「うん、そうなんだ。実はね……っと」

何かの気配を感じたらしく、フリオは話の途中で窓の外へ視線を向ける。

そこには一人の女性の姿があった。

背の羽根を羽ばたかせながら宙に浮いているその女性。

「……またテルビレスさん、か……」

フリオは、その女性の顔を見ながら苦笑していた。

窓の外へ視線を向けていたヒヤもまた、苦々しそうに口元を歪《ゆが》めていた。

「……神界の女神でありながら、至高なる御方《おんかた》のお手を煩わせるとは……」

「ちょっと身の程をわきまえさせてあげましょうか」

手に大鎌を具現化させたタニアは、オッド・アイの瞳を輝かせながら背に天使の羽根を具現化させていく。

その様子に気がついたのか、その女性——テルビレスは慌てた様子で首を左右に振った。

「ち、違うんですよ!? 今日は、粉薬を優先的に販売してほしいって交渉しに来たんじゃなくてですね、別のお願いがあってはせ参じた次第でして」

その言葉どおり……

この女神テルビレスは、神界でフリオの粉薬を使用するとその効能に惚《ほ》れ込み、ゾフィナの行き先を追跡しまくった。

その結果フリオの存在をつきとめ、頻繁にフリオの下を訪れては粉薬を優先的に販売してくれるよう懇願し続けていたのであった。

もっともフリオは、

『神界で配布する粉薬は、全てゾフィナに販売しゾフィナが神界で配布する』

との約束をゾフィナと交わしているため、この申し出を断り続けていた。

◇◇◇

「……で、ですね、例の粉薬に関しては後日改めて交渉させていただくといたしまして……今日お邪魔した本題なのですが……」

フリオの部屋へ入ったテルビレスは、腕組みした状態でフリオへ視線を向けていた。

（……やっぱり粉薬のことを諦めた訳じゃないのか……）

その言葉に苦笑するフリオ。

「……そうですね、粉薬に関しましては何度も説明させていただいております通り、検討の余地はないのですが……そのかわりというわけではありませんが、そのお願いというのを聞かせていただきましょう」

小さく咳払《せきばら》いをすると、フリオは改めてテルビレスへ視線を向けた。

そんなフリオの前でテルビレスは、少し言葉につまりながら、話し始めた。

「えっと……じ、実はですね、私が治め……じゃなくて、私の知り合いの女神が治めている世界にですね、異形の神獣が出現して暴れているそうなのです」

「神獣ですか？　ならばその世界の女神が捕縛し、抹殺するなりドゴログマ送りにするなりすればいいのではありませんか？」

テルビレスの後方に仁王立ちしているタニアが手に大鎌を握ったまま、呆れたような口調で声をかけた。

「本来であればそうなのですが……それがですね、厄介なことに、この神獣ってば魔力が超強大なだけでなく力もすさまじいものですから討伐系の能力に乏しい私では……じゃなくて私の知り合いの女神では、どうにもならないらしくてですね……このままではその女神が統治している世界が全滅しかねない状況なのです……そこでですね、厄災魔獣をこともなげに討伐出来るほどの魔力を持っているあなたに、その神獣の退治をお願いしたいと思っておりまして……」

テルビレスは一度咳払いをすると、

「私の知り合いも非常に困っておりまして、今すぐにでもその世界に赴いていただきたく思っているのですが、いかがなものでしょう?」

横目でフリオの様子を見つめる。

テルビレスの言葉を聞いたフリオは、ヒヤとタニアと交互に顔を見合わせた。

「どう思う？　二人とも……」

「……そうですね、神獣となると厄災魔獣よりも高位の害獣と文献で読んだことがございますが、このヒヤも実際に遭遇したことは皆無なのでございます……」

困惑した表情でヒヤは首をひねる。

「とはいえ、フリオ様であれば退治するのは問題ないかと……何より、粉薬の原料としても使用出来るはずでございます」

ヒヤの隣で、タニアも頷《うなず》いている。

二人の言葉を確認すると、フリオはしばらく考えを巡らせ……

◇その夜・フリオ家リビング◇

「……と、いうわけで……とある世界で暴れてるという神獣の退治をやろうと思うんだけど……」

夕食後のリビングで、フリオは今日の昼間、テルビレスから依頼された内容を皆に話していた。

フリオは、テルビレスには返答を一日待ってもらっていた。

その間に、フリオ家の皆に相談していたのであった。

「神獣と実際に対峙《たいじ》したことがあるタニアによると、僕なら攻略は難しくないみたいなんだけど、なにしろ初めての相手なので誰かに同行してもらえたらと……」

フリオが言い終わらぬうちに、

「旦那様！　このリース当然同行いたしますわ！」

フリオの隣に座っていたリースが、凄《すご》い勢いで立ち上がりながら右手をあげた。

ある意味予想通りの反応なのだが、フリオは困惑した表情を浮かべていた。

「リースの気持ちはすごく嬉《うれ》しいんだけど……個人的には、リースを危険な目には遭わせたくないっていうか、リルナーザもまだ生まれて間もないし……」

「何を言われるのですか旦那様！　私は旦那様と生涯を共にすると誓ったのです！　どんな所へでもお供いたしますわ！　もちろんリルナーザの面倒もしっかりみながら！」

フリオに向かって身を乗り出すリース。

そんなリースに、フリオは、

「そうだね……まぁ、一日で終わると思うしお願いしようかな……でも、絶対に無茶はしないって約束してね……」

リースの肩にそっと手を置いた。

「お任せください旦那様！　このリース、絶対にお役に立ってみせますわ！」

フリオの手に自らの手を重ねながら満面の笑みを浮かべるリース。


「俺も一緒に行きたいけど、その日は学校があるしなぁ……」

「そうね……パパと一緒に行きたくて仕方ないのですけど……さすがに学校を休んで行くわけにはいかないし」

ガリルとエリナーザは、互いに顔を見合わせながらため息をついた。


フリオの対面に座っているゴザルが咳払いをした。

「うむ、そんな面白そうなことに、ワシが行かないわけにはいかんだろう」

腕組みしながらハッハッハと豪快な笑い声をあげるゴザル。

しかし、その頭上ではゴーロがゴザルの角を摑《つか》んだまま寝息を立てているため、どこかほんわかとした空気が周囲に漂っていた。

すると、一同にお茶を配膳し終わったタニアが右手をあげた。

「僭越《せんえつ》ながら、不肖私タニアも皆様のお世話係兼先兵役としてぜひ同行させていただきたく……」

「ワインも！　ワインも一緒に行くの！　行くの！」

タニアの横に立ったワインも、飛び跳ねながら両手を挙げた。

「よし、ワシもまだまだ頑張れるところを見せてやろうかの」

元魔王軍四天王の一人であったスレイプも豪快に笑いながら立ち上がる。

……しかし。

「パパは駄目だってば！　この間も腰が痛いとか言ってたじゃない！」

スレイプの腕を、慌てた様子で引っ張るリスレイ。

「うむ？　心配することはないぞリスレイよ、あの日は昼間からビレリーとベッドでじゃな……」

「す、スレイプ様～!?　そ、それ以上は駄目です～」

スレイプの口を両手で押さえながら、真っ赤な顔をしているビレリー。

そんな二人の様子から何かを察したリスレイは、

「ま、まったくもう……ホント仲が良いんだから」

耳まで真っ赤にしながらプイっとそっぽを向いて言った。

「うむ、フリオ様には日頃から、チャルンちゃんとラビッツちゃんとともにお世話になっておるか

らの、どれ、ワシもお役に立たせていただこうかの」

骨の腕を、力こぶでも作るかのようにポージングするカルシーム。

その頭上には、カルシームより大柄なラビッツが抱きついたまま寝息を立てており、ゴザルの時同様に、ほんわかとした空気が周囲に漂っていた。

「……異世界に住まう未知の神獣となりますと、このヒヤも後学のためにぜひ同行させていただきたく……」

「ヒヤ様がいくなら、アタシもご一緒させていただきますよ」

ヒヤとダマリナッセも、一緒に挙手していく。

その後も、
「ゴザル殿が行くのであれば、この私もぜひ」（バリロッサ）
「なら、アタシも一緒に行くニャ。あ、あくまでも仕方なくニャ」（ウリミナス）
「農作業で鍛えた馬力でお役に立ってみせますよ！」（ブロッサム）
「……ぼ、防御魔法なら……」（ベラノ）
『ふんす！　ふんす！』（サベア）
と、すでに寝室に行っているフォルミナとリルナーザを除いたフリオ家のほぼ全員が同行を申し出てきた。

そんな一同を、フリオはいつもの飄々とした笑みを浮かべながら見回す。

「みんな本当にありがとう。ただ、異世界へ移動するのに人数制限があるらしくて僕とリースを含めて六人までしか出向くことが出来ないらしいんだ……そこで……」

そう言うと、フリオは右手を一振りした。

すると、フリオが握っている右手の中に人数分の紐《ひも》が出現した。

「公平にくじ引きをさせてもらいますね。この紐の先に赤い印がついている人が当たりってことで……あ、先に言っておきますけど、魔法で当たりを調べようとした人は失格ってことで」

「う、うむ……そ、それは当然だな、うん」

フリオの言葉に、慌てた口調で言葉を発するゴザル。

その様子に、周囲の一同は苦笑を禁じ得なかった。

そして、厳正なくじ引きの結果……
ゴザル
タニア
ヒヤ
ダマリナッセ
以上の四名に、フリオとリースを加えた総勢六名で討伐に向かうことになった。

「明日テルビレスさんに返事をして、そのまま討伐に向かうつもりです。片づいたらすぐに戻ってくるつもりなので、多分夕方までには戻ってこられるんじゃないかな。

エリナーザ達は学校で勉強をしっかり頑張って。

ウリミナスやバリロッサ達はフリース雑貨店の事をよろしくね。

家の事はビレリーを中心にしてお願いするよ」

「おう！　魔王族の力、見せてくれようぞ」

「このタニアが、フリオ様のお手を煩わせることなく万事片付けておみせします」

「お任せくださいい至高なる御方」

「久々に暴れてやりますかね」

フリオの言葉に、各々返答を返していく。

そんな一同を、いつもの飄々とした笑みを浮かべながら見つめているフリオ。

その腕にリースがそっと抱きついた。

「旦那様、私も目一杯頑張りますわ」

「うん、ありがとうリース。でも、くれぐれも無理はしないでね」

言葉を交わしながら、互いに見つめ合う二人。

◇翌朝・フリオ宅・フリオ工房前◇

子供達を学校へ送り出した後、神獣討伐に向かうことになった六名はフリオ工房の前へ集まっていた。

しばらくすると、その場に大きな杖《つえ》を手にしたテルビレスが姿を現した。

転移魔法で出現したらしく、瞬時に出現したテルビレス。

そんなテルビレスに、いつもの飄々とした笑みを浮かべながらフリオは歩み寄る。

「テルビレスさん、昨日のお話ですけどお受けします」

「あ、ありがとうございます！　本当にありがとうございます！」

フリオの言葉に破顔すると、何度も頭を下げるテルビレス。

フリオは、そんなテルビレスに対し、

「それでですね、出発する前に、相手がどんな神獣なのかわかる範囲で教えていただけますか？」

そう尋ねた。

すると、テルビレスは困惑した表情を浮かべた。

「それがですね……よくわからないのです……」

「え？」

テルビレスの言葉に、唖然《あぜん》とするフリオ。

「と、言うのがですね……この神獣なのですが……魔力が強大なだけでなく、とにかく素早いものですから、なかなかその姿を確認出来なくて、私も……じゃなくて、私の知り合いも困り果てておりまして……」

途中慌てて言い直しながらも、テルビレスは困惑した表情を浮かべ続けている。

腕組みしながらその話を聞いていたゴザルは、

「ふむ……わからないものは仕方あるまい。ならば現地に赴き、その上で我ら自身の手で調べてみればよかろう」

そう言うとフリオに向かって頷いた。

魔王時代から、常に敵の情報を調べ上げ、諜報部隊《ちょうほうぶたい》をフル活動させて最適な判断をすることを常としていたゴザルだけに、

『出向いていって叩《たた》き潰せばよい』

とは口にしない。

「そうですね。現状、それしか方法はなさそうですし……」

ゴザルの言葉にフリオは頷く。

その決定に同意するかのように他の面々も頭を下げた。

一同の様子に、テルビレスは安堵《あんど》の表情を浮かべると、

「で、では、現地への転移門を開きます」

そう言って手の杖を掲げ、詠唱をはじめた。

すると、テルビレスの足元に魔法陣が展開し始め、その中から転移門が出現した。

「……お待たせしました、この転移扉の向こうが神獣が暴れている世界です」

そう言いながら女神が扉を開けると……扉の向こうの世界は空が赤い雲で覆われ、森のあちこちから煙や炎が上がり続けていた。

「……どうやら、急がないといけないみたいだね」

そう言うとフリオは最初に門をくぐった。

その後に、リース・ゴザル・ヒヤ・ダマリナッセ・タニアの順番で続いていく。

テルビレスは、その後ろ姿を見送りながら、

「フリオ様とそのお仲間の皆様……どうかリレイナ世界をお救いください」

胸の前で両手を組み合わせ、祈りを捧《ささ》げていた。

その眼前でゆっくりと扉が閉まっていく。

「フリオ様や皆様をクライロード世界に帰還させるための転移門を出現させるために、私は同行することが出来ませんが、皆様の行動は魔法鏡で常時確認しています。何かありましたら皆様の近くにすぐ転移門を出現させますので……」

そこまで言ったところで転移門が閉じ、同時にフリオ達の前から消え去った。

◇？？？◇

「ここがクライロード世界ともドゴログマとも違う別の世界か……」

フリオは周囲を見回すと、自分の転移魔法のウインドウを表示し、その内容をチェックし始めた。

ウインドウの中にはフリオが普段から行き慣れているクライロード世界内の各地の名前がずらっ

と羅列されていた。

（……これは、転移先の検索条件が『場所』になっているからなんだよな……えっと、確かこれを『世界』単位に変更すれば……）

フリオが脳内で指示すると、ウインドウ内の表示が一気に少なくなっていき、

『クライロード』

『ドゴログマ』

『リレイナ』

以上の三つの文字が表示された。

（……クライロードは僕のいる世界だし、ドゴログマは神界の下部世界だから……つまり、この世界は『リレイナ世界』ってことなのか……）

そう考えたフリオは、表示されている『リレイナ』の文字に意識を集中した。

クライロード世界やドゴログマであれば、この方法で行ける場所が一斉に表示されるのだが、リレイナは、それ以上表示されることはなかった。

「それもそうか……僕の転移魔法は一度行った事がある場所に移動出来る魔法なんだから、初めて来たこの世界に、行ったことがある場所があるはずがないもんな……」

納得したように頷くと、次いでフリオは右手を前に伸ばし詠唱をはじめる。

すると、フリオの足元に魔法陣が展開し始めた。

（……出来るかどうかわからないけど、ちょっと試してみよう）

詠唱を続けるフリオ。

その眼前に出現した魔法陣の中から転移門が出現した。

その門を開くフリオ。

◇クライロード世界・ホウタウの街・フリオ工房前◇

フリオ達を送り出したばかりのテルビレスは困惑していた。

先ほどフリオ達を、リレイナ世界へ転移門で送り込んだテルビレス。

すでに転移門は消滅しているのだが……テルビレスの眼前に突然新たな転移門が出現したのである。

「こ、これは……世界内転移ではない……異世界転移の転移門……」

唖然としながらその転移門を見つめているテルビレス。

（……ま、まさか……私が管理しているリレイナ世界が神獣のせいで壊滅寸前になっているのが神界の世界統治官にバレちゃって、私を捕縛しに神界の女神達が……ち、違うのよ、決してリレイナ世界の統治を疎《おろそ》かにしていたわけじゃないのよ……ちょ、ちょっとだけ彼氏とバカンスに行ってる間に、どこからか凶暴な神獣が紛れ込んじゃってて……そのせいでこんなことになっちゃって……今更神界の衛兵に事態収拾を頼むわけにもいかないし……ってか、そんなの頼んじゃったら、私、罷免されちゃうじゃない……だ、だから、神界のドゴログマに入場許可をもらったっていう人族に事態の収拾を頼んだんだけど……そ、それにしてもいくらなんでも早すぎない……）

テルビレスはおよそ女神とは思えないような思考を展開しながら、額に冷や汗をダラダラ流し、ガクガク震え続けていた。

そんなテルビレスの眼前で転移門が開いた。

「ひ、ひぃ!?　ご、ごめんなさい！」

慌ててその場で土下座するテルビレス。

そんなテルビレスの前、開いた扉の向こうにフリオが立っていた。

「あ、あのこれには訳が……って……へ……え？　えぇ!?」

眼前の状況が把握出来ず、素っ頓狂な声をあげるテルビレス。

そんなテルビレスにフリオは、

「あ、先ほどはどうも……ちょっと実験してみただけなんで……」

フリオは、土下座の姿勢のままぽかーんとしているテルビレスに向かって軽く頭を下げると、改めて転移門の外を確認していく。

「……うん、どうやらクライロード世界と無事つながったみたいですね。これで帰還するときはテルビレスさんのお手を煩わせなくてもいいみたいです」

フリオは満足そうに頷くと、転移門を閉めた。

——フリオは、生まれ故郷であるパルマ世界からクライロード世界に勇者候補として召喚された際の神の天啓により、Ｌｖ２から全ての能力が∞（表示上限突破）に上昇し、クライロード世界の全ての魔法・すべてのスキルを最上級の状態でマスターしていた。

そのため、フリオの所有している転移魔法もその能力が破格となっていた。

通常の転移魔法は同じ世界内であれば一度訪れた場所なら何度でも転移出来るのだが、フリオが所有している転移魔法は、一度訪れた場所がたとえ別の世界であろうとも転移可能なのであった。

ただし、これは魔法習得後に訪れた場所に限られるため、フリオの生まれ故郷であるパルマ世界への転移は現時点では不可能だった。

もっとも、フリオ本人は自分が使用している魔法がそんな規格外のものだとは微塵《みじん》も思っていないのだが……


消え去った転移門を見つめながら、テルビレスはワナワナと体を震わせていた。

「……ち、ちょっと待ってよ……な、何？　転移門を作りだせる人族？　そ、そんなのが存在してるなんて、聞いた事がないわよ!?」

先ほど転移門が出現したあたりに這《は》いつくばり、地面をぺたぺた叩きながら、乾いた笑いを浮かべ続けているテルビレス。

「な、何かのトリックよね……そうよ、そうに違いないわ……こ、このあたりに、きっと何か仕掛けが……」

テルビレスは困惑しながら地面を叩き続けていた。

◇◇◇

「……なんだ、あの女……あんなとこで地面を叩いて、何してんだ？」

「ん～、よくわかんない、わかんない」

テルビレスの様子を、畑から野菜を運んできたブロッサムと、そのお手伝いをしていたワインが首をひねりながら見つめていた。

そんな二人の視線の先で、テルビレスはひたすら地面を叩き続けていた。

◇リレイナ世界◇

「どうしたのだフリオ殿？」

周囲を探索していたゴザルが、フリオへ声をかけた。

「えぇ、ちょっと帰り道の確保といいますか、転移門をクライロード世界につなげられるかどうか試していたんです」

「ふむ？　この異世界から直接クライロード世界に戻れるのか？」

「えぇ、今試してみたんですけど、うまくいったみたいです」

いつもの飄々とした笑みを浮かべるフリオ。

そんなフリオに、ゴザルは思わず苦笑した。

「……まったく、フリオ殿にかかっては異世界転移もお茶の子さいさいというわけか」

「いえいえ、僕の転移魔法なんて……」

そんな会話を交わしている二人の下にリースが駆け寄ってきた。

「旦那様……お話中申し訳ありませんが……」

緊張した面持ちでフリオに声をかけるリース。

三人の眼前に広がっている森を凝視しながら、リースはフリオの盾になるかのように立ちはだかる。

いつでも牙狼《がろう》に変化出来るようにか、手を地に着け尻尾や牙を具現化させ、的に飛びかかれる態勢をとっている。

そんなリースの右にヒヤが立った。

「……来ますね」

左にダマリナッセが姿を現す。

「……みたいですねぇ」

ゴザルも、腕組みをしたまま森を見つめている。

「……うむ、情報不足なのは不本意ではあるが……致し方あるまい」

そんな一同の前に、森をかき分けながら一匹の巨大な生き物が飛び出してきた……のだが……

「ふ、ふえええええええええええええええええええええええええええええ」

情けない鳴き声が周囲に響き渡った。

「「え？」」

予想外の展開に、呆気《あっけ》にとられるフリオ達。

森の中から出現した、その巨大な生き物は、フリオの後方に移動すると、

「ど、ど、どうかお助けくださいぃ～」

巨体を必死に丸くし、ガタガタと体を震わせていた。

その姿は雌のアヒルを思わせるのだが……全長五メートルは優にあるその生き物は、ひたすら体を小さくしながら震え続けていた。

フリオは、その生き物のステータスを確認するためにウインドウを展開した。

すると、そのウインドウには、

『神獣デンジアーナダッグ』

と、表示されていた。

フリオのウインドウを左右からのぞき込んでいたゴザル達が目を丸くした。

「「し、神獣!?」」

しばしウインドウの文字に釘付《くぎづ》けになる一同。

ほどなくして、フリオは視線を後方へ向けた。

「あの……君は本当に神獣なのかい？」

フリオが尋ねると、その巨大な生き物は震えながら頷いた。

「し、し、し、神獣のデンジアーナダッグと申しますぅ……」

フリオの後方でひたすら怯《おび》えまくる巨大な生物——神獣デンジアーナダッグ。

「なんだ……この世界をめちゃくちゃにしたという割には、随分意気地なしではないか」

デンジアーナダッグの様子に、ゴザルは腕組みしながら首をひねった。

すると、デンジアーナダッグはガバッと顔を上げると、

「じ、じ、じ、冗談じゃないわ。私は暴れてなんかないわよ！　私や仲間の神獣を捕まえようとしてるこわ～い人達が、変な魔法や妙な武器を使いまくるもんだから、そのせいでこの世界が壊れまくっているのよぉ」

デンジアーナダッグは目から大粒の涙をこぼしながら絶叫する。

その言葉に、フリオ達は全員同時に首をひねった。

「……おかしいな……女神様から聞いた話と随分違うというか……」

フリオがそう呟《つぶや》いた時だった。

バリバリバリ！

一同の頭上に、いきなり強大な雷撃魔法が展開されていく。

「きゃあああああああああああああ、またあいつらがきたぁ!?」

デンジアーナダッグは、そう言うとその羽根で頭を覆う。

よく見ると、デンジアーナダッグの羽根のあちこちに焼け焦げた痕がある。

（……どうやらここに来るまでの間にずいぶんあの攻撃をくらっちゃったみたいだな……）

フリオは心の中で、デンジアーナダッグに同情した。

「ふむ……確かにこれはなかなか強力な魔法だな……こんな物を乱発されていれば、どんなに巨大な森でも丸焼けになってしまうのにそう時間はかかるまい」

「ゴザルってば、のんきに分析なんかしてないでなんとかしなさい！　このままじゃ旦那様に魔法が……」

空を見上げているゴザル。

リースはその胸板を両手で叩いている。

「奥方様、お任せください。ここはこのタニアが……」

手に大鎌を構えたタニアが身構える。

そんな一同に向かっていつもの飄々とした笑みを浮かべるフリオ。

「あぁ、大丈夫だよ」

そう言うと、空に向かって右手をかざしていく。

パリン

乾いた音が空中で響いた。

同時に、雷撃魔法が空中で砕け散り消え去った。

その光景に、目を丸くするリース。

「だ、旦那様……す、すごいですわ……」

「自分の旦那を信用せぬか。フリオ殿であればこれくらいの魔法どうということはあるまいて」

感涙するリースの横で高笑いをするゴザル。

「ちょっと……神級雷撃魔法を無効化するなんて……そんな面倒くさいのがいるなんて聞いてないチッチ」

森の中から、全身を黒マントに包んでいる女が姿を現した。

その女の姿を確認したデンジアーナダッグは、一度飛び上がるとフリオの後方で巨大な体をさらに小さくしていく。

「ひいいいいいいいいいいいいいいいいいい！　あ、あ、あ、あいつです！　あいつが変な魔法を使いまくって、このあたりをめちゃくちゃにしたんですぅ」

デンジアーナダッグは、その女を羽根で指さした。

その言葉に、黒マントの女は嫌悪の表情を浮かべると、

「何言ってんのさ、アンタがおとなしくアタシに捕まらないのが悪いチッチ。せっかくいいところに売りとばしてあげようって言ってるチッチ」

そう言うと、女はマントを脱ぎ捨てる。

露《あら》わになった左手には巨大な魔法の首輪が握られていた。

それはデンジアーナダッグを捕縛するための道具に違いなかった。

「さぁ、おとなしく、このレストリチッチ様に捕まるチッチ」

デンジアーナダッグに向かって歩み寄る黒マントの女——レストリチッチ。

「ってわけだから、部外者のアンタ達はとっととどっかに行くチッチ」

レストリチッチは右手で、追い払う仕草をする。

すると、レストリチッチの前にタニアが歩み出た。

「フリオ様、ここはこのタニアにお任せくださいませ」

そう言うと、タニアはレストリチッチへ向かって歩き始めた。

「あん？　なんだぁ？　メイド風情がこのレストリチッチ様を止めようっていうチッチ？　あんた人族じゃなさそうだけど、その程度の力じゃ無理無理、このレストリチッチ様の相手になんてならな……」

レストリチッチが言葉を発することが出来たのはここまでだった。

いつの間にかレストリチッチの後方へ近距離転移したタニア。

転移の際に奪い去った魔法の首輪を、レストリチッチの首のあたりに魔法で固定する。

「このような魔法道具《マジックアイテム》を使用するなど、造作もありません」

「ば、馬鹿言ってんじゃないチッチ。この魔法の首輪は使用者固定されてるチッチ。だからアタシにしか使用出来ないチッチ」

「なら、その使用者を書き換えればいいだけのこと」

「そんな事が出来るはずが……」

余裕の表情を浮かべているレストリチッチ。

その首のあたりで固定されている魔法の首輪に文字が浮かび上がっていく。

『使用者……レストリチッチからタニアライナに変更』

「は……はぁ!?」

魔法で文字を確認したレストリチッチは恐怖の表情を浮かべた。

慌ててその場から移動しようとする。

しかし、それよりも早く魔法の首輪が収縮していきレストリチッチの首を絞め上げていく。

「そ、そん、な……」

あっという間に気絶し、その場に倒れ込むレストリチッチ。

泡を吹いているレストリチッチを見下ろしながら、タニアはため息をついた。

「……無駄口が多いのです。雑魚にふさわしい終わり方ですわね」

タニアはそう言うと、レストリチッチを魔法の綱で捕縛する。

完全に気を失っているレストリチッチには、タニアの言葉は聞こえていなかった。

◇◇◇

「じゃあ何かい？　君は神族のペットにされるために輸送されている途中で、この世界に落下したのかい？」

フリオの言葉に、デンジアーナダッグはその巨体で何度も頷いていた。

「そうなんです、そうなんですぅ。しかも落下した途端に、変なヤツらが私達に襲いかかってきたんですぅ。私はアイツらから必死に逃げてただけなんですよぉ」

デンジアーナダッグは、両手の羽根を必死に動かしながら説明すると、リースが作った野菜炒《いた》めをがっつき始めた。

超山盛りの野菜炒めをみるみるうちに平らげていくデンジアーナダッグ。

「……お腹《なか》が空《す》いているというから作ってあげましたけど……一体どれだけ食べるのですか？」

フリオが魔法袋から取り出した屋外用台所で巨大なフライパンを振るいながら、リースは呆れたような声をあげていた。

「まったくです……これでは私達の食料にまで影響が出かねません」

すさまじい早さで野菜を刻み続けているタニアも思わず眉をひそめる。

二人の言葉を聞いたゴザルは、デンジアーナダッグへ視線を向けると、

「まぁ、いざとなればこいつを焼いて食えばよかろう」

楽しそうに高笑いをあげた。

「え？　え？……」

その言葉に、デンジアーナダッグは野菜炒めを食べるのを止め、その場でみるみる青くなり震え

始めた。

野菜炒めがのっている皿をゴザルの方へと差し出すと、

「お、お願いです。お願いですからそれだけは勘弁してくださいぃ！」

その場で土下座しペコペコ頭を上下させて言った。

そんなデンジアーナダッグの様子に、フリオ一行は思わず笑い声をあげた。

「大丈夫だよ。僕の世界への転移門を作れることが確認出来ているし、食材を補充することが出来るから遠慮なく食べていいよ」

フリオは、デンジアーナダッグの側《そば》へと歩み寄ると、その背を優しく撫《な》でた。

「ほ、本当ですかぁ!?」

デンジアーナダッグは、歓喜の声をあげながらガバッと起き上がる。

「もう、そこの怖い顔のおじさまったら、脅かさないでくださいな。では、改めて……」

デンジアーナダッグは、一度ゴザルへ差し出した野菜炒めの皿を自分の方へと引っ張り寄せると、改めてその中にくちばしを突っ込み、バクバク食べ始めた。

リースとタニアは、そんなデンジアーナダッグの様子に苦笑を浮かべながら、改めて調理を再開した。

「……しかし、おかしいな」

フリオはデンジアーナダッグを見つめながら首をひねった。

フリオの様子に気がついたヒヤ。

「至高なる御方、どうかなさいましたか？」

フリオは、ヒヤへ視線を向けると腕組みをした。

「いや……テルビレスさんの話だと神獣が暴れてこの世界を破壊しているはずじゃないか？　でも、こうして神獣を保護してみれば、世界を破壊しているのは神獣を追いかけているヤツらだって話だし……」

そう言い首をひねるフリオ。

その言葉にヒヤも、ふむ、と一考していく。

「……そうですね……本来であれば、テルビレス様に改めて事情を聞くべきところだと思うのですが……あそこまではっきりと『神獣のせいで世界が破滅しそう』と言われていたところをみると、本当にそう思っていらっしゃったのではないかと思えますし……」

「となると……別の方法を考えないといけないわけか……」

腕組みしたまま、フリオは考えを巡らせていく。

◇その頃のテルビレス◇

フリオ達を送り出したテルビレス。

その姿はブロッサム農場の一角にあるゴブリン小屋の中にあった。

「そうなの、ひどいでしょ？」

机の上に置かれているお茶菓子を頬張りながら、テルビレスは仕事の愚痴を口にする。

一方、この部屋の主ホクホクトンは、同じ内容の話を何度も聞かされており、うんざりした表情を浮かべていた。


フリオ達が旅立った後、本来であればフリオ達の様子を魔法で監視していないといけなかったテルビレスなのだが、元来の飽きっぽさゆえに、

『せっかくこの世界に来たんだし、少し見て回ってもバチはあたらないわよね、うん』

そう言うが早いかフリオ工房を後にしていたのだった。


部屋の中、イスに座っているテルビレスは、ホクホクトンが淹《い》れてくれたお茶を飲みながら、

「もうね、お休みがないの。お休みなしでずっと世界を見守れなんてありえないでしょ？　私だってさ、それなりに結婚願望もあるのに、そんな仕事で婚期を逃すなんてあり得ないの！　ね、わかる？　わかってくれる？」

ホクホクトンに向かって力説するテルビレス。

テルビレスの言葉に、ホクホクトンは苦笑すると、

「はぁ、まぁそうですなぁ……」

そう答えるのがやっとだった。

（……さ、最初は綺麗《きれい》なお姉さんキタコレと思い、下心百二十パーセントで連れ込んだのでござる

が……菓子は食いまくるわ、なくなれば勝手に取り出すわ、お茶も飲みまくるわ、その上ワシの話は一切聞かずで、口から出るのは仕事の愚痴ばかり……な、なんて面倒くさいお姉さんなんだ……）

どこかトオイメをしているホクホクトン。

「だからね、私も言ってやったのよ……って、ちょっとあなた、ちゃんと聞いてる？　ねぇ？」

「あ、あぁ……き、聞いているでござるよ、うん……」

「そう、ならいいんだけど……でね、その時の私は……」

（……そ、そこまでして愚痴を続けたいのでござるか……も、もうホクホクトン死んじゃう……）

唖然としながらも、ホクホクトンはテルビレスの話に相づちをうつ。

テルビレスの愚痴は、まだまだ終わりそうになかった。

◇しばらく後・リレイナ世界◇

「……なるほど、そういう理由でこの私を呼ばれたのですか……」

フリオから事情を聞いたゾフィナは、困惑しきりといった表情を浮かべていた。

フリオと神界の使徒であるゾフィナは、粉薬の件でいつでも連絡を取り合えるように通信用の魔石指輪をお互いに所有していた。

もっとも、フリオが所有している通信魔石の指輪は、リースのたってのお願いによりネックレスに加工されていたのだが……

テルビレスから聞いていた話と実際の状況があまりにも違うため、テルビレスと同じ神界人であるゾフィナに聞けば何かわかるのではないかと思い、リレイナ世界まで来てもらったのであった。

半身が幼女、半身が骸骨姿で、ボロボロの外套《がいとう》だけを羽織った姿のゾフィナは、

「そうですか……そんなことが……」

腕組みをしたまましばらく何事か考え込んでいた。

そんなゾフィナを、フリオ達六人とデンジアーナダッグがジッと見つめている。

そんな一同を再度見回したゾフィナは、大きなため息をついた。

「……フリオ殿……少し二人だけでお話しさせていただいてもよろしいですか？」

「えぇ、僕は別にかまいませんが？」

ゾフィナは、フリオの返事を確認すると近くの森へと連れて行った。

そこで、改めてフリオに向き直ると、ゾフィナは突然深々と頭を下げた。

「フリオ殿……この度は神界の痴れ者《しれもの》共のせいでとんだご迷惑をかけてしまい、本当に申し訳ありません」

「え？　神界の痴れ者？……」

ゾフィナの言葉に、首をひねるフリオ。

そんなフリオの眼前で、ゾフィナは深々と頭を下げ続けていた。

◇◇◇

「……どうも妙ですよね」

フリオとゾフィナが森で話をしている中、リースは頬に手をあてながら首をひねっていた。

リースの言葉に、ヒヤも頷く。

「そうですね……神獣をペットにするために移送していたという話からしておかしく感じてしまいます……神獣はその神獣が存在する世界において大きな役割を担っている存在であり、軽々しく世界を移動させたり、ましてやペットとして飼育など出来るとは思えないのですが……」

ヒヤの言葉に、フリオ家の面々も考えこんでいく。

そんな中、

「あら？」

先ほどタニアが捕らえたレストリチッチを見張っていたダマリナッセが声をあげた。

「こいつ、やっと目を覚ましたみたいねぇ」

縛り上げられ、ダマリナッセの足元に転がされているレストリチッチが、う〜ん、と声を上げながら身をよじっていた。

レストリチッチの周囲に、フリオ家の面々が集まる。

「……うむ？」

そんな中、ゴザルはおもむろに顔をあげた。

「ふむ……今の声……」

ゴザルは、フリオとゾフィナが話をしている場所とは逆の方向の森を見つめていた。

◇同時刻・リレイナ世界の森の中◇

「お、お前な……俺様にこんなことをして許されると思ってんのか？　俺様は百神獣の王の異名をもつ神獣ラインオーナだぞ！」

ライオンを巨大化させた容姿の生き物――ラインオーナは懸命に声を上げていた。

……しかし、四つ足を一つにまとめて縛り上げられ、網状の袋の中に放り込まれているラインオーナの声は負け犬の遠吠《とおぼ》えにしか聞こえなかった。

その袋をかついでいる、巨人族の男は肩越しに振り向くと、

「捕まっておきながら元気な奴《やつ》だボ……まぁ、それだけ元気なら少々乱雑に扱っても大丈夫だろうし助かるボ……我は不器用だから手荒くしか扱えないんだボ」

そう言うと、ボッボッボと笑い声を上げた。

「お前は手足がもげてても高値で売り飛ばせるらしいボ。だから我も安心だボ」

「ち、ちょっと待て!?　お、俺は神界の美人でグラマーでうふ～んであは～んな女神様の愛玩動物にしてやるって言われたからここまで来てやったんだぞ!?　そんな手足がもげててもかまわないとかいうわけのわからない奴らに売り飛ばされてたまるか！」

必死に抵抗を試みるラインオーナ。

しかし、その四つ足はギチギチに締め上げられているため、ほとんど動かすことが出来なかった。

巨人族の男は、そんなラインオーナに、再びボッボッボと笑いかける。

「運が良ければ、そんなうふ～んであは～んな女奴隷商人に買ってもらえるかもしれないボ。そしたら売れるまでの間、可愛《かわい》がってもらえるかもしれないボ」

その言葉に、ラインオーナは真っ青になる。

「ば、馬鹿野郎、この誇り高き神獣のラインオーナ様を奴隷商人に売るって、お前!?」

再び必死に四つ足を動かそうと試みる。

そんなラインオーナに、巨人族の男は再度、ボッボッボと笑い声をあげると、

「無理ボ、無理ボ。このギガンダラボッボ様が締め上げた縄がそう簡単にとれると思うなボ。大人しくしてないのなら、二、三発ぶん殴って大人しくさせるボ」

ニマッと笑いながら、右手の拳を握り締める巨人族の男――ギガンダラボッボ。

……その時だった。

「おい、そこの木偶《でく》の坊《ぼう》」

「ボ?」

前方から聞こえてきた声。

そちらへ視線を向けるギガンダラボッボ。

そこに腕組みをしたゴザルの姿があった。

ゴザルは人族の姿のまま、ギガンダラボッボの進行方向に立ちはだかる。

ギガンダラボッボは、そんなゴザルの優に五倍の巨体を誇っていた。

「なんだチビ？　我に何か用だボ？」

ギガンダラボッボは、腰をかがめ、ゴザルを見下ろしながらニヤニヤと笑う。

そんなギガンダラボッボを睨《にら》み返すゴザル。

「森の中から怪しい話し声が聞こえると思い来てみれば……おい、木偶の坊、その神獣をおとなしく渡してもらおうか。貴様やレストリチッチとかいうヤツらに神獣を任せておけそうにないのでな」

ラインオーナが入っている袋をよこせとばかりに、ゴザルは右手を伸ばした。

「あんだって？　レストリチッチを知ってるボ？　貴様」

「あぁ、先ほど我が家のメイドが仕留めたぞ」

ゴザルの言葉に、ギガンダラボッボはその顔に怒りの表情を浮かべていく。

「お前、レストリチッチを侮辱するなボ。あいつは俺達の隊長補佐だボ。メイドなんぞに負けるはずがないボ！」

そう言うと、右の足を高々と振り上げるギガンダラボッボ。

「とりあえず、嘘《うそ》つきは死ぬボ、許さないボ」

その足をゴザルに向けて振り下ろした。

すると……

ゴザルはその体を、本来の姿である魔王族のそれへと変化させ、

「ふん！」

ギガンダラボッポの足をガッチリ掴んだ。

魔王族の姿に戻ったゴザルの姿は、人族の姿よりも巨大化している……とはいえ、それでもギガンダラボッポの半分にも満たない。

しかし、それだけの体格差があるギガンダラボッポの体重の乗った一撃を、ゴザルはこともなげに受け止めていた。

「ボ、ボぉ!?」

ギガンダラボッポは信じられないといった表情を浮かべながら目を丸くしていた。

ゴザルが掴んでいる足に、必死になって力を込める。

しかし、その足はピクリともしない。

一度引き抜こうとするも、ギガンダラボッポの足をガッチリと掴んでいるゴザルの右手がそれを許さない。

「やれやれ、聞き分けのない奴だな」

そう言うと、その足を掴んだまま、

「ふん！」

ギガンダラボッポの巨体を軽々と持ち上げ、顔面から地面に叩きつけた。

「ふボオオオオオオオオオオオオオオオ!?」

顔面から地面に叩きつけられたギガンダラボッポは顔面のみならず、体の半分近くが地面の中へとめりこんでいた。

「き、貴様……よくも我をコケにしやがって……許さないボ」

ギガンダラボッポは必死に上半身を起こした。

「そうだ、そうこないと面白くない」

そう言うと、ゴザルはギガンダラボッポの右頬を思い切り蹴り飛ばす。

「ふボオオオオオオオオオオオオオオオオオ!?」

ギガンダラボッポの首があり得ない角度に曲がっていく。

「さぁ、どんどんやろうではないか、久々に暴れさせてもらうぞ」

ゴキゴキと指関節をならし、首を回すゴザル。

その仕草は『さぁ、これからが本番だ』とでも言わんばかりなのだが……

今の一撃で、ギガンダラボッポは、あり得ない角度に首を曲げたままピクリともしなくなってい
た。

「……なんだ……挨拶代わりの蹴り一発も耐えられぬのか……久々に暴れられると思っていたのだ
がな……」

ゴザルはどこか寂しそうな表情を浮かべていた。

そんなゴザルの横には、地面に叩きつけられたギガンダラボッポが放り出してしまった袋が転
がっており、その中でラインオーナがガタガタ震えていた。

「や、やべぇ……あの男、ちょうやべぇ……百神獣の王と言われた俺の神獣生もここまでってこと

かよ……さ、最後に綺麗なお姉ちゃんとあんなことやこんなことをしたかったぜ……」

◇しばらく後……◇

フリオの話を聞き終えた一同は唖然とした表情を浮かべていた。

そんな中、呆れた様子で声をあげるリース。

「……それではあれですか？　デンジアーナダッグや、ゴザルが救出してきたこのラインオーナ達神獣は闇ルートで移送されていた最中だったというのですか？」

リースの言葉に、ゾフィナは苦渋に満ちた表情を浮かべながらうつむいていた。


ゾフィナからフリオが受けた説明によると……

本来神獣は、その存在している世界に必要不可欠な存在であり、その世界から移動させることが禁止されている。

……しかし。

近年、この神獣が暴走し害神獣と化した事例が数例発生した。

この害神獣が捕縛されドゴログマへ放逐処分されることになっていたのだが、

「あら、処分するくらいなら私がペットにいたしますわ。神獣のペットなんて珍しくて自慢出来るでしょう？　大丈夫、暴れないように責任を持って管理いたしますから」

と、一人の女神がこの害神獣を自分のペットにしたのがはじまりだったという。

その女神が、自宅で飼育している神獣を他の女神達に自慢しまくった結果……

「私も神獣をペットにしたいわ」

「私もよ」

「あんな女神に負けてられないわ」

女神達の間で、神獣をペットにしたいとの欲求が異常に高まっていった。

あまりにも多く寄せられる要望を前にして困り果てた神界の異世界管理局は、

『神獣が害獣化した場合』

『神獣が子を生《な》すなどして同じ役割を持つ神獣が同一世界に二体以上いる場合』

この二例に限り、神獣を神界へ連れてきてもよいとの特例を作った。

ルールに則っているかどうか確認するため、神獣を連れてくる作業、ならびにこの神獣を譲渡する手続きはすべて神界の異世界管理局を通さねばならないと決められ、神獣をペットにしたい神界人は異世界管理局にその旨を登録し順番を待たねばならない決まりとなった。

……しかし。

当然「そんなに待てないわ!」と駄々をこねる女神もいるわけで……

そういった女神は、闇ルートを利用し『お金ならいくらでも払うから』と、正規でない方法で神獣を入手しようとする案件が頻発しているのだという。

「……で、今回の件も、どうやら闇ルートを取り仕切っているグループが違法に入手した神獣を、管理の甘い世界を経由して神界へこっそり運びこもうとしていたみたいなんだけど……その際に何かトラブルが起きたんじゃないかって話みたいなんだ」

フリオの言葉に、ゴザルは腕組みをしながら足元へ視線を向けていた。

そこには、タニアが捕らえたレストリチッチと、先ほどゴザルが捕らえたギガンダラボッポの二人が、魔法の縄でグルグル巻きにされて転がされていた。

ちなみに、フリオ製のこの魔法の縄には、
魔法無効化
拘束者腕力超劣化
などの付加魔法が何重にも付与されており、先ほど目を覚ましたレストリチッチが、もがき続けているものの、まったく歯が立たない状態だった。

「おい貴様」

ゴザルは、レストリチッチの縄を摑むと、ひょいと持ち上げた。

「貴様ら、どこかの世界で違法に神獣をさらって、神界へ連れて行こうとしていたのか?」

「ち、違うチッチ、あ、アタシらは神獣はさらってないチッチ……奪おうとしただけチッチ」

ゴザルの言葉に、レストリチッチは声を荒らげて反論する。

その言葉に、ゴザルは眉をひそめた。

「奪おうとした？」

「そうチッチ。このリレイナ世界の女神がほとんど仕事をしていないのは有名だチッチ。だからこの世界を利用すれば何の弊害もなく神獣を神界へ持ち込むことが出来るチッチ。アタシ達は、そんなヤツらから神獣を奪っていいとこ取りしようとしたチッチ。でもね、アタシらは未遂なの、未遂。実際に神獣を神界に運び込む前に終わってるチッチ。オフホワイトチッチ！　アタシ達は初犯チッチ。もう二度とこんなことしないから、とっとと拘束解いて解放してくれないチッチ？」

レストリチッチはジタバタしながらゴザルに悪態をついた。

すると、ゴザルはレストリチッチへ視線を向け、

バシィ

その頬を思い切り張った。

「痛てぇチッチ、何するチッチ！」

バシィ

声を上げたレストリチッチの頬を再度張るゴザル。

続けざまに頬を張り飛ばされたレストリチッチは、口を閉ざした。

ゴザルは、そんなレストリチッチをにらみつける。

「貴様……自分がどれだけ間違ったことを言っているのかよくわかっておらんようだな……どれ、貴様が納得出来るまでワシがじっくり話を聞いてやろう……ただし、少しでもワシがイラつく言葉を口にしたら、容赦なく頬を張るからな」

「い、いや……そ、そんな事を言ってもだな……」

「どうした？　ワシがいくらでも話を聞いてやるぞ、さぁ、なんでも言ってみろ」

「……おま……何でも言えって言いながら、アタシを張り飛ばす気満々チッチのくせに……」

「何を言うか。ワシは貴様から真実を聞きたいだけだ。まぁ、口を割らないというなら、それはそれで……」

右手をレストリチッチの頬にあてがうゴザル。

「ひ、ひぃぃ暴力反対チッチぃ」

ゴザルを見つめながら、レストリチッチは恐怖におののいた声をあげた。

◇◇◇

森の中で、ゾフィナは真っ青な顔をしながら思念波通信を行っていた。

『ゾフィナ？　どうしたの』

「あぁ、マルンか？　すまない、ちょっと頼まれてくれないか？　女神テルビレスを大至急召喚し、リレイナ世界にいる私のところまで来るよう伝えてもらいたいんだ」

神界にいる同僚のマルンと思念波による会話をはじめたゾフィナ。

『ゾフィナってば随分慌ててるみたいだけど……なにかあったの？』

「何かあったどころの騒ぎじゃない！　女神テルビレスが管理しているリレイナ世界がだな、かねて問題になっていた神獣の密輪ルートと化している疑いが強まっているんだ」

『はぁ!?　ど、どういうこと？　そんなの女神がきちんと管理していればすぐわかることじゃないの？』

「それがだな……どうやらこの世界の管理を任されている女神テルビレスは、この世界を相当長い期間ほったらかしにしていたらしく……もうな、世界そのものがいつ崩壊してもおかしくないほどに荒れまくっているんだ……」

『わ、わかった、すぐに女神テルビレスを見つけ出してくるわ』

「すまない……頼む。ちなみに女神テルビレスは今、クライロード世界という球状世界に滞在しているらしい。詳しい所在位置を思念波で送るから」

『……地図を受信したわ。なるべく急ぐわね』

マルンのこの言葉を最後に、思念波通信は切れた。

ゾフィナは、改めて空を見上げる。

その空は赤く焦げた色で埋め尽くされていた。

（……たのむぞマルン……一刻も早く女神テルビレスを見つけてくれ……）

ゾフィナは、その手をギュッと握った。

◇その頃・クライロード世界・ホクホクトンの自室◇
「まぁまぁ、お昼ご飯まで準備してもらっちゃって悪いですね」

机の上に並べられた食事を前にして、満面の笑みを浮かべているテルビレス。

そんなテルビレスを見つめているホクホクトンは、どこか無表情になっていた。

（……このお姉さん、何を言っているでござるか……自分から、やれ『お腹が空いた』だの『あれが食べたい』だの『お昼食べないと死んじゃう』だの、散々ごねまくっておきながら……）

そんな事を考えているホクホクトンの目の前で、テルビレスは食事を口に運んでいく。

「ん～、食べられなくはないんだけど、もうちょっと頑張ってほしかったかなぁ……まぁ、食べられなくはないいんだけどぉ」

ビキキッ
（……挙げ句の果てに駄目だしでござるか……）

額に青筋をたてながら、ホクホクトンは懸命に怒りを抑えていた。

そんなホクホクトンの様子などお構いなしとばかりに料理を口に運び続けているテルビレス。

まさか自分が指名手配犯ばかりに捜索されているなど、夢にも思っていないのは言うまでもない。

◇その頃・リレイナ世界◇

「あら？」

フリオ達が昼食のために作製した宿営地から周囲の見回りに出ていたダマリナッセは、森の一角で足を止めた。

そこには、木々がなぎ倒され、地面がえぐられた跡が延々と続いていた。

「まるで何かが無理矢理連れていかれた痕跡に見えなくもないわねぇ」

その跡をたどっていったダマリナッセは、その先で、巨大な布袋を発見した。

「はて、何かしらね、これってば」

ダマリナッセがその中身を確認すると、

「きゅううううう……」

袋の中には、完全に目を回して気絶している巨大な双頭の蛇が押し込まれていた。

「あらあら……これってばひょっとして神獣かもしれないわねぇ。とりあえず宿営地まで連れて行こうかしら」

そう言うと、右手の人差し指を一振りするダマリナッセ。

すると布袋が宙に浮かんでいく。

ダマリナッセが歩きはじめると、魔法で浮遊した布袋もその後方に追随していった。

◇リレイナ世界・宿営地◇

「だからさぁ、そこの見目麗しいお姉様ぁ」

ラインオーナは、食事の準備をしているリースの後方から甘えた声を発していた。

「俺様、ラインオーナっていって、お茶目で可愛い神獣でっす。騙《だま》されてこんな世界につれてこられちゃってハートブレイク中なんですよぉ……ど～かその素敵で豊満なお胸に顔を埋《うず》めて慰さめていただけはしませんかねぇ」

デレデレしながらリースの前方に移動したラインオーナは、リースの胸に自らの顔を近づける。

ラインオーナの後方から、その首筋に大鎌が突きつけられた。

「このクソ神獣、奥方様に無礼は許しませんよ」

大鎌を構えているタニアはそう言うと、その刃をラインオーナの首筋ギリギリまで近づけた。

降参とばかりに前足を上にあげながら、ラインオーナはタニアへ視線を向ける。

まず、タニアの胸を確認。

ついで、リースの胸を確認。

再度タニアの胸を確認。

「……はぁ……」

がっくりと肩を落とし、大きなため息をつく。

「その程度の慎《つつ》ましやかなおっぱいで、このラインオーナのハートブレイクは癒やされないのですよぉ、わかりますか？　メイドのお姉さん？」

イラッ
ラインオーナはタニアに向かって乾いた笑いを浮かべた。

そんなラインオーナに向かって、タニアは大きく息を吸い込むと、
ブオオオオオオオオオオオオオオオオオオオオオオオオオオオオオオオ
すさまじい勢いで炎をはき出した。

「えぇ!?　うわ!?　あ、熱っ！　熱っ！」

予想外の攻撃をくらったラインオーナは、その炎を避けることが出来ず、そのお尻が焼け焦げていく。

「あちゃちゃちゃちゃ、こ、この貧乳女！　神獣であるこのラインオーナ様に何をするって、あちゃちゃちゃちゃちゃ、炎はやめろ、こら」

「神獣なら神獣らしい威厳を見せなさい。そんな下品なクソ動物など私がおかずにして差し上げます！」

そう言いながらタニアは炎をはきまくる。

慌てふためきながら必死に逃げ惑うラインオーナ。

そんな一人と一匹の様子をリースは苦笑しながら眺めていた。

その横にフリオが歩み寄った。

「ラインオーナにも困ったもんだね」

「あのラインオーナは、タニアにお礼を言わないといけないかもしれませんね？」

「え？」

「だって、私、あと一ミリでもラインオーナが近づいたら、この包丁でラインオーナを切り刻むつもりでしたから」

リースは右手に包丁を握ったままにっこり微笑《ほほえ》んだ。

「ははは……た、確かにそれは……」

そんなリースを前にして苦笑するフリオ。

（……ま、まぁ、タニアがこなかったら僕が止めるつもりだったけど……）

そんな事を考えているフリオに、そっと身を寄せるリース。

「私の全ては旦那様の物ですのに……ホント失礼しちゃいます」

そんなリースを、フリオは優しく抱きしめていった。


しばらく後、リースが作った食事で昼食を終えた一同。

「神獣の反応を調査してみたんだけど、あと数体この近くにいるみたいだね」

「では、皆で手分けをして捜しましょう」

フリオの言葉に頷くリース。

「では、ワシは此奴《こやつ》らを奪還にくるかもしれぬヤツらに備えてここに残るとしよう」

腕組みをしているゴザル。

その足元には、魔法の糸でグルグル巻きにされているレストリチッチとギガンダラボッボが転がっていた。

先ほど意識を取り戻していたレストリチッチは、再び意識を失っており、その左右の頬が真っ赤に腫れ上がっていた。

「レストリチッチの話では、此奴らのボスもこの世界にいるらしいからな」

「では、ゴザルさんよろしくお願いします。じゃあみんな、何かあったら通信魔石か思念波で連絡を取り合うということで」

フリオの言葉に頷くと、ゴザルを除いた一同は森の中に向かって駆けていった。

◇しばらく後・とある森の中◇

「くそう、あの女狼《おんなおおかみ》ってばなんだってのさ、ビ～ッチ!?」

大きな布袋を片手に、褐色の肌のダークエルフ――フィンビッチは森の中を全力で駆けていた。

スピードに絶対の自信を持ち、

『アタシに追いつくのはね、神界人でも無理なのさ、ビ～ッチッチ』

そう公言してはばからなかったフィンビッチ。

……しかし……

フィンビッチは、突如出現した女狼をまったく引き離せずにいた。

「神獣タイコノタヌキを捕縛したまではよかったたってのに……なんなのさ、あの女狼ってば、くそビ～ッチ!」

フィンビッチは神獣タイコノタヌキを捕縛した。

「その神獣、置いて行きなさい」

そこに姿を現したのはワンピース姿のリース。

そのリースに対し、

「あン？　置いてってほしいの？　なら、アタシに追いついてごらんビッ～チッチ」

そう言うが早いか即座に駆け出したフィンビッチ。


いままでであればこれで十分だった。

フィンビッチの速さについてこられた者はいままで一人として存在しなかった。

フィンビッチが走り出せば、全ての者が彼女を即座に見失う。

その間に、フィンビッチは、あっという間に逃げ果《おお》せるというのがいつもであった。

今回もそうなるはず……フィンビッチはそう思っていた。

……しかし……

牙狼に変化したリースは、フィンビッチをぴったり追走し続けていた。

愕然《がくぜん》としながらも、加速魔法を付与し、フィンビッチはさらに速度をあげる。

しかし、それでもリースはフィンビッチをピタリと追走していた。

(……ば、馬鹿なビッチ……こ、このフィンビッチ様のスピードに付いてこられる生き物が、存在するはずが……)

フィンビッチは、顔面を蒼白《そうはく》にしながらも必死に走り続けた。

その時だった。

「旦那様をお待たせするわけにもいきませんので……ここらで終わりにしましょうか」

フィンビッチは、真横から聞こえて来たその声に目を丸くした。

先ほどまでフィンビッチを追走していたリースが、あっという間にフィンビッチの真横へ移動していたのである。

「そ、そんな馬鹿な……ビッチ！」

驚愕《きようがく》しながらも、さらに加速しようとするフィンビッチ。

「ふん！」

そんなフィンビッチに、リースは自らの頭部をぶつけた。

「あばばばばビ～～～～～～～～～～～ッチ!?」

あまりの衝撃に、バランスを崩したフィンビッチは地面に倒れ込む。

超高速で移動していたため、フィンビッチは土煙をあげながら地面の上を転がっていった。

かなりの距離を転がり、ようやく停止したフィンビッチはヨロヨロと立ち上がると、

「こ、こんな……こんなこと、ありえないビッチ……」

どうにか顔を上げるフィンビッチ。

その眼前に、人型に変化したリースが立っていた。

フィンビッチが担いでいた布袋を担いでいるリース。

その体には牙狼の耳と尻尾が残っており、先ほどフィンビッチを弾《はじ》き飛ばした牙狼がリースであることを物語っていた。

「お……お前……その袋をかえしやがれ……ビッチ」

フィンビッチは、リースに手を伸ばす。

すると、リースは一度大きく息を吸い込み、

UOOOOOOOOOOOOOOOOOOOOOOOOOOOOOOOOOOOOOOOOOO

その場で激しく咆哮《ほうこう》した。

体中から魔素をまき散らし、フィンビッチに対し圧倒的なまでの威圧を浴びせかけていく。

牙狼族の必殺技の一つ『死の咆哮』である。

「あ……あ、あ……」

そのすさまじいまでの威圧を真正面からモロに食らったフィンビッチは、その場で白目を剝《む》きながら意識を失い、バタンと倒れ込んだ。

「……ふぅ、どうやら終わりましたね」

リースは、小さく息を吐くと、左手の薬指にはめている通信魔石の指輪を口に近づけた。

「……あ、旦那様？　リースです。神獣と、その神獣を連れ去ろうとしていた女を確保いたしました……はい、では、これから両方連れて宿営地まで戻りますね」

右肩に魔獣の入った袋、左肩に気絶したフィンビッチを軽々と担ぎ上げたリースは、宿営地に向かって駆けだした。

「……これが魔獣でしたら、今夜の晩ご飯のおかずになりましたのに」

◇しばらく後・リレイナ世界　フリオ達の宿営地◇

（……い、一体どうなってやがるんデイ……）

木の陰に自らの姿を同化させながら、その男――ドゥルムズデイは舌打ちをしていた。

ドゥルムズデイの眼前では、ダマリナッセとタニアが神獣の世話をし、その近くではフリオとゴザルが、拘束されて地面の上に転がされているレストリチッチとギガンダラボッポを見下ろしている。

（……神獣を運んでいやがった運び屋ブンタッカーの荷馬車を破壊したまでは予定どおりだったはずデイ……んでもって、逃げ出した神獣達を部下のレストリチッチやギガンダラボッポ達に追いかけさせていたってのに、なんであいつら、こんなところで捕まってるんデイ……しかも、神獣まで奪われているんデイ……）

目の前の光景に、ドゥルムズデイは何度目かの舌打ちをした。

ドゥルムズデイは、闇ギルド「ドゥルムズ」のボスであった。

神界の闇に巣くう数々の闇ギルドの中でも荒くれ者揃《ぞろ》いとして名を馳《は》せている彼らは「超絶魔人ドゥルムズデイ」をボスとし、その部下としてレストリチッチ・ギガンダラボッポ・フィンビッチといった魔人達が付き従っていた。

少数ながらも強大な力を備えた者達の集まりである闇ギルド「ドゥルムズ」は、神界の者でもその名を聞くと恐れを抱くという、そんな存在であった。

そんな闇ギルド「ドゥルムズ」のボスであるドゥルムズデイは、ゴザル達の様子をうかがい続けていた。

(……うぬ!?)

そんなドゥルムズデイの視界の中に、リースの姿が映った。

(……あ、あの女が抱えているのはフィンビッチじゃねぇか)

ドゥルムズデイは、リースが、自らの部下であるフィンビッチを肩に抱えているのを見て、再び大きな舌打ちをした。

(……おいおいおい、泣く子も黙る闇ギルド「ドゥルムズ」のメンバー……フィンビッチまで捕まったってんデイ?

ってことは、ドゥルムズのメンバー四人中三人が捕まったっていうんデイ?……ちょっとありえねぇんじゃねぇんデイ?)

奥歯を噛《か》みしめ、さらにはギリギリと歯ぎしりしていく。

「……こうなったら、ボスであるこの俺が皆を救出にいくしかないんデイ!」

ドゥルムズデイはそう言うと自らの体に力を込め、巨大化させていく。

……その時だった。

「へぇ、あなたがあの人達のリーダーなんですね」

「ぬが!?」

背後からいきなり話しかけられたドゥルムズデイは、慌てて後方を振り返った。

そこに、フリオの姿があった。

フリオは、ドゥルムズデイを見つめながら、いつもの飄々とした笑みを浮かべていた。

「き、キサマは、確かあの集団にいた男……い、いつの間にここに移動して来やがったんデイ!?」

ドゥルムズデイは困惑した。

この場に忍び寄り、あの一行の動きを監視し始めた時、フリオは間違いなくあの集団の中にいたはずだった。

それが、なんの気配も感じさせないままに、ドゥルムズデイの真後ろに現れたのである。

「くそう……バレたからにはもう隠れている必要もないんデイ！　このまま巨大化して、貴様ら全員蹴散らしてやるんデイ！」

ドゥルムズデイはそう言うと、自らの体に改めて力をこめていく。

すると、ドゥルムズデイの体は怪しい光を放ちながら一気に巨大化していく。

「グワハハハハハハハハハ、かつて神界人の衛兵達をも蹴散らした我が力の前に、己の非力さを知るが良いんデイ！」

フリオの二十倍ほどに巨大化したドゥルムズデイは、高笑いしながらフリオを見下ろしていた。

ドゥルムズデイはその両手を組み合わせると、

「骨の髄まで砕け散るがいいんデイ！」

その腕をフリオに向かって振り下ろしていく。

するとフリオは、

「うん、確かに強大な力だね、そのパンチは……」

そう言いながら、ドゥルムズデイに向かって右手を伸ばした。

その右手の前に、瞬時に魔法陣が出現する。

その魔法陣は、フリオの手を離れるとドゥルムズデイの体を包み込んでいった。

「ぬが!? な、なんなんデイ、これは!?」

困惑するドゥルムズデイ。

すると、魔法陣に包まれたドゥルムズデイの体は、みるみる縮みはじめた。

ドンドン小さくなっていくドゥルムズデイ。

その巨体は、気がつけば、フリオの膝の高さくらいにまで縮小していた。

「こ、この野郎、何しやがるんデイ!」

ドゥルムズデイは、フリオに向かって必死に両手を振るう。

だが、縮小化と同時に、その膨大なパワーをも、完全に封じ込められていた。

そんなドゥルムズデイがいくら殴っても、フリオにはまったく効いていなかった。

「く……くそう……」

ドゥルムズデイは、ぜぇぜぇ荒い息を吐きながら後ずさった。

「キサマの顔、完璧に覚えたんデイ! 次に会ったらぜってぇ復讐《ふくしゅう》してやるんデイ!」

そう言うと、ドゥルムズデイはフリオに背を向け、森の中に向かって一目散に走り出した。

……しかし、その足は三歩目で止まった。
「……お前、闇ギルド「ドゥルムズ」のボス、ドゥルムズデイですね」
ドゥルムズデイの前に、大鎌を構えたゾフィナが立ちはだかっていた。
さらに、その周囲には、
ゴザルが、
リースが、
ヒヤが、
ダマリナッセが、
小さくなっているドゥルムズデイを囲むようにして立っていた。
ドゥルムズデイは、そんな一同を見回しながら困惑の表情を浮かべていた。
「き、貴様ら、いつのまに……」
その場でオロオロするドゥルムズデイ。
フリオの魔法で自らの力を封じられ、その体までも小さくされてしまい、挙げ句、その周囲を完全に囲まれていた。
「い、いや……あの……だな……」
ドゥルムズデイは、その顔に歪んだ笑みを浮かべながら立ち尽くすことしか出来ずにいた。

◇しばらく後◇

森の中から出て来たゾフィナは、フリオの前へと歩み寄った。

「ドゥルムズデイがようやく白状しました。今回の神獣騒動なのですが、闇の運び屋ブンタッカーが神獣を神界へ運び込もうとしているのをドゥルムズデイ達がかぎつけ、途中でその荷馬車を襲ったそうです。その時に逃げ出した神獣達を捕縛する際、ついでとばかりにこの世界を破壊しまくったらしく……」

ゾフィナは、そこまで言うと、大きなため息をついた。

「……この世界を管理している女神テルビレスがしっかりしていればこんなことには……」

フリオはそんなゾフィナに、苦笑しながら、

「なんというか……お疲れ様でした」

そう言葉をかけた。

「しかしだな……そやつらが一度暴れたくらいで、この世界全体がここまで壊れるものなのか？」

二人の話を聞いていたゴザルは、空を見上げながら首をひねった。

その空には歪《いびつ》なヒビが何本も入っており、赤黒い雲で覆われていた。

それは、この世界が崩壊寸前であることを物語る。

ゴザルの言葉に、ゾフィナは眉をひそめると、

「おっしゃるとおりです……闇ギルドの魔人共がいかに強靭《きょうじん》・強力であったとしても、こいつらが一度暴れたくらいでここまでひどい状況にはなりません……

おそらくは、この世界を統治すべき役割を担っていた女神テルビレスが目を離している間に、徐々に崩壊していった結果……」

大きなため息をつき、首を左右に振った。

「……臨時的措置としまして、我々はこの世界を管理している女神テルビレスから女神の資格を剥奪し、他の神界の女神主導の下で復興させていく予定になっています」

そう言うと、ゾフィナは、改めてフリオ達へ向き直り、

「今回のご協力、本当に感謝いたします……ありがとうございました」

フリオ達へ深々と頭を下げた。

「いえいえ、お役に立てて何よりです」

そんなゾフィナに、フリオはいつもの飄々とした笑顔を向けた。

◇◇◇

フリオが、自ら作り出した転移門を使用してクライロード世界へ帰っていったのを見送ったゾフィナは、

「……さて」

その手に大鎌を具現化させると、それをブルンブルンと振り回しながら森の中へ移動していく。

ゾフィナが向かっていく先には、かつてドゥルムズデイであった塊が転がっていた。

先ほど、詳細な情報を聞き出すために、手段を選ばずに尋問した結果であった。

ドゥルムズディの後方には、フリオの魔法が付与された魔法の紐で縛り上げられているレストリチッチら、闇ギルド「ドゥルムズ」の面々が、恐怖で顔を引きつらせながら身を寄せ合っていた。

「な、な、な、なんでも話しますチッチ」

「か、か、か、隠し事は一切しないボッボ」

「だ、だ、だ、だからどうか命だけは助けてほしいビッチ……」

上ずった声を上げながら、ガタガタ震え続ける三人。

そんな三人の前で、ゾフィナは大鎌を振り回しながら目を見開いた。

その姿は、先ほどフリオを見送った際の神界の使徒の姿ではなく、執行人である姿へと変化していた。

半身が幼女、半身が骸骨姿のゾフィナ。

幼女の目は怪しく光り、骸骨の目は漆黒の闇を纏《まと》い、その両眼で三人を見据えていた。

「……さぁ、貴方《あなた》達が犯した罪の数を数えなさい……その数だけ切り刻んだ上で、神界に護送いたします」

地獄界の底から響いてくるかのような声を発するゾフィナ。

その声に、三人は再び震え上がった。

◇クライロード世界・ホウタウの街フリオ宅◇

その光景に、フリオは唖然としていた。

リレイナ世界からの転移門は、出発した時と同じくフリオ家の裏・フリオ工房の脇に出現していた。

その門をくぐり、クライロード世界に戻ってきたフリオ達。

「そうなんですよぉ、もうね、女神なんてろくなことがないんですぅ」

そんなフリオ達の眼前に、テルビレスの姿があった。

酒を飲んでいるらしく、千鳥足のテルビレスはホクホクトンと肩を組みながら街道を歩いていた。

「旦那様……依頼主のあの方って、確かテルビレスと名乗っていらっしゃいましたよね……」

リースの言葉に、頷くフリオ。

「……そうだね……おそらくあの世界の女神様なんだろうね」

そう言うと苦笑を浮かべた。

女神テルビレスは、フリオ達がリレイナ世界から戻って来たのにも気付くことなく、

「でねでね、聞いてよホクホクトンちゃん、私ねぇ……」

「ほうほう、それでどうしたのでござるかな?」

酔っ払っているホクホクトンと会話しながら街道を歩き続けていた。

そんな二人に向かって、ヒヤが歩み寄っていく。

「至高なる御方……このヒヤ、あちらの世界ではまったく活躍する場がございませんでしたゆえに、至高なる御方に嘘をついたばかりかお手までわずらわせたあの駄女神に鉄槌《てっつい》をくださせていただいてもよろしいでしょうか」

一応フリオに尋ねる形ではあるものの、その答えを待つことなくヒヤの両手には根源魔法の魔法陣が展開しはじめていた。

「ヒヤ……とりあえず死なない程度にね」

フリオの言葉に頷くヒヤ。


次の瞬間、フリオ家一帯に轟音《ごうおん》が響いた。

◇その夜……◇

ブロッサム農場の一角にある二階建ての小屋。

小屋の中にある自室のベッドで目を覚ましたホクホクトンは頭を押さえた。

「……うむ？」

「はて……ワシはなんでベッドで横になっていたでござるか……うむ……ひどく酔っていて記憶が怪しいでござるな……」

頭を振りながら上半身を起こす。

「確か今日は農作業が終わってから、誰かと酒を飲んで……うぬ？」

その時、ホクホクトンは、隣に誰か寝ているのに気がついた。

その人物は、髪の毛がチリチリになっており、顔も真っ黒になっている。

寝ているというよりも、気絶しているといった方が正しいかもしれない。

「このボロボロの女……確か昼間に一緒に酒を飲んでいたような……」

しばらく腕を組み、記憶をたどっていく。

そんなホクホクトンの隣で寝ていた女が、パチッと目を開いた。

「……ぷはぁ……し、死ぬかと思ったぁ……あの光と闇の根源を司《つかさど》る魔人ってば、女神の私に向かって何するのよホントに」

体が動くのを確認しながら、顔をしかめているその女。

その顔をマジマジと見つめたホクホクトンの脳裏に、昼間の記憶がまざまざと蘇《よみがえ》っていく。

「う、うぬ!?　き、貴様は自称女神のテルビレスではないか！　な、なんでまだ拙者の部屋にいるのでござるか！」

「し、失礼なこといわないでよ！　私は正真正銘の女神なのよ！　敬いなさい！　称《たた》えなさい！　跪《ひざまず》いて靴をおなめなさい！」

「無茶苦茶言うなでござるよ、貴様！」

顔を突き合わせながら、激しく言い合いする二人。

「とにかくでござるな……もう遅いでござるゆえに、そろそろ家に帰ってほしいでござるよ。拙者、明日も朝早くから農作業をしなければならないでござるゆえ」

そう言うと、テルビレスの背中を押すホクホクトン。

「ちょ、ちょっとぉ……そ、そんなに焦らなくてもいいじゃない！　あ、あのさ……この女神テルビレス様が、しばらく話し相手になってあげるっていうのはどうかしら？」

営業スマイルを満開にさせながら両手を組み合わせているテルビレス。

「……いや、結構でござる」

そんなテルビレスを前にして、ホクホクトンは無表情になりながら首を左右に振った。

同じゴブリンのマウンティが、同族の嫁をもらい、超子だくさんになっている。

そんなマウンティ一家を見る度に、

『拙者も結婚したいでござる！』

そう公言してはばからないホクホクトンなのだが……

（……確かに嫁はほしいでござるが、この女はだめだ……地雷臭しかしないでござる）

無表情のまま、テルビレスを部屋の外へ押しだそうとしていた。

「ちょ、ちょっとぉ、そんなにつれなくしなくてもいいじゃない！　あ、あのさ……一週間でいいからこの部屋にいさせてほしいなぁ……なんて」

「何故《なぜ》でござる？　貴様は女神なのでござろう？　とっとと自宅に帰って女神の仕事をしてほしいでござる」

「あ、あ〜……そ、それがねぇ……ちょっと失敗しちゃってさぁ……女神の資格を剥奪されちゃって……」

「は？」

「ひどいと思わない？　いきなり女神の力を剝奪されてさ、人族並の力のままこの世界に追放するなんて……しかも、一文無しで、だよ！」

テルビレスはホクホクトンに向かって懸命に訴えかける。

しかし、そんなテルビレスを前にしても無表情なままのホクホクトン。

「いや、それは自業自得でござろう。拙者には関係ないでござる」

「ちょっとぉ！　少しは同情してよ！　ちょっと管理してた世界をほったらかしにしちゃって崩壊寸前にしちゃっただけだっていうのにさ」

「おいおい……それはありえない失敗ではござらぬか？」

「そんなことないってぇ、ちょっとミスっただけだってばぁ」

「とにかく、とっとと出ていってほしいでござる」

「だからぁ、見捨てないでよぉ！　ホクちゃんってばぁ！」

「何がホクちゃんだ！　お前のような女はお断りでござる！」

「そんなこといわずにさぁ、神様仏様ホクホクトン様ぁ」

「うるさいでござる！」

「敬うから！　慕うから！　跪いて靴を舐《な》めるから！」

「え〜いしつこい！」

この日、ホクホクトンの自室からは二人の言い合いが延々と続いていた。

◇その頃・フリオ宅◇

寝室のベッドに座っているフリオは、魔法袋のウインドウを開き、中身を確認していた。

「あら？　旦那様、その魔法袋はどうなさったのですか？　いつもご使用になっている物とは違うような……」

鏡台で髪をとかしていたリースが、フリオに声をかけた。

そんなリースに、にっこり微笑むフリオ。

「これなんだけどさ、ゾフィナにお願いして神界で保管していた厄災魔獣の骨をわけてもらったんだ」

「骨……ですか？　でも、粉薬の材料になるのは厄災魔獣の血肉ではございませんでした？」

「うん、そうなんだけどさ……ちょっとあることに使いたくてね」

笑みを浮かべながらウインドウの内容を確認しているフリオ。

そんなフリオを見つめながら、リースも笑みを浮かべた。

「旦那様のお役に立つ物なのでしたら、私も嬉しく思いますわ」

「ありがとうリース」

（……これで、あれを増産することが出来るかもしれない）

そんな事を考えながら、フリオはウインドウの内容を確認し続けていた。

第三章……金髪勇者かく戦えり……8

――ウルゴファミリー。

かつて、魔王軍配下の魔族四家に数えられた魔族の名門。

魔王ユイガード時代に、当時の当主バッカスがザンジバルの決起に呼応し魔王軍を離脱。

自ら魔族の盟主たらんとしたものの魔王ユイガードの前に敗北し、ファミリーのほぼ全員が捕縛され没落していた。

◇とある街の酒場◇

そんなウルゴファミリーの現当主・悪魔人のデミとその部下達《たち》は、とある街の酒場の奥のテーブルに着き、店の中央でどんちゃん騒ぎを繰り広げている金髪勇者一行の様子をうかがっていた。

「……お嬢、金髪勇者のやつらは完全に油断してますゾイ。一言『行け』と下知くだされば、この鉄腕族ゲンブーシンが金髪勇者の首をとって参るゾイ。勇者を討伐したとあらば、ウルゴファミリーの復権も間違いないゾイ」

今にも席から立ち上がろうとするゲンブーシン。

「ちょちょちょ、ちょっと待ってってば……いくらなんでも、こんなに人の多いとこで襲いかかっちゃまずいんじゃないかしら？　いくらウルゴファミリーを再興するためとはいえ、面識も何もない人を巻き込むのはあまり気がすすまないというか……ま、まずはお友達から……」

ワタワタと両腕を振り回すデミの言葉に、ゲンブーシンは、

「む、むぅ……確かにお嬢の言葉にも一理ありそうでなさそうな気がするゾイが……」

困惑した表情を浮かべながら、金髪勇者達と、デミとを交互に見つめる。

……すると、
そんなゲンブーシンの視線に気がついたヴァランタインが、デミ達のテーブルに歩み寄ってきた。

「は～い、そこのお爺《じい》さまぁ、結構いい体してるじゃなぁい？　どぉ？　このヴァランタイン様とぉ、飲み比べといかなぁい？　今日はね、金髪勇者様が落とし穴で仕留めた魔獣が高値で売れてねぇ、とっても気分がいいのよぉ」

ヴァランタインは樽《たる》を片手で軽々と持ち上げ、中の酒をゴクゴク飲み干していく。

ヴァランタインとしては、良い気分で酔っ払っていたため、誰が相手でもいいので、気持ち良く飲み比べをしたかっただけなのだが……

「……お嬢、これはおそらく飲み比べにかこつけて、我らウルゴファミリーに喧嘩《けんか》を売っているに違いないですゾイ」

ゲンブーシンはデミに小声でそう言うと、席から立ち上がり、

「ふっふっふ、ワシに勝負を挑んだことを後悔するがよいゾイ」

両肩をグルグル回しながら、ヴァランタインの方へと歩み寄っていく。

「そこな小娘よ、このワシに飲み比べを挑むとは片腹痛いゾイ、目に物を見せてくれるゾイ」

そう言うが早いか、ゲンブーシンは、ヴァランタインが飲んでいた酒樽を奪い取ると、一気にそれを飲み干していく。

「へぇ、いい飲みっぷりじゃなぁい。じゃ、勝負ねぇ。負けた方が連れの飲み代まで全部支払うのよぉ」

そう言うと、ヴァランタインは、酒場の店員が数人がかりで持って来た酒樽を、片手でひょいっと持ち上げ、すごい勢いで飲み干していく。

その豪快な飲みっぷりに、ゲンブーシンは思わず目を見開いた。

「ぬぅ、貴様……口先だけではないゾイな……じゃがの、このゲンブーシン、老いてはいるがいまだ現役バリバリだゾイ！　貴様のような小娘に負ける要素なぞ、一つもないゾイ」

そう言うが早いか、ゲンブーシンもまた、新たに到着した酒樽を手に取り、豪快に飲み干していく。

酒樽を次々に飲み干していく二人。

そんな二人に、酒場の店主の女房は、

「さぁ、どんどん盛り上がっておくんなましよぉ。こちとら商売大繁盛さね！　さ、あんた達もどんどん酒樽持ってくるんだよ！」

鼻歌を歌いながら、店員達に新たな酒樽を持ってくるよう指示していく。

二人の周囲は、いつの間にか野次馬達でごった返していた。

どちらが勝つか賭けをする者。

勝負を肴《さかな》にして酒をあおる者。

二人を煽《あお》って楽しむ者。

そんな野次馬達の歓声で、酒場の中は大賑《おおにぎ》わいとなっていた。

◇数刻後◇

ゲンブーシンは、酒樽を抱えたまま、ピクリとも動かなかった。

その横で、ヴァランタインは、

「何よぉ、もう限界なわけぇ？　根性ないわねぇ」

そう言いながら、新たな酒樽を豪快に飲み干していく。

ゲンブーシンと飲み比べを始める前から相当な量を飲んでいたヴァランタインだが、ペースが落ちず、ひたすら陽気に飲み続けていた。

そんな二人と、少し離れた席で酒を飲んでいる金髪勇者一行。
現在の金髪勇者パーティは……
金髪勇者
クライロード城から付き従っているツーヤ
邪界の使い魔だったリリアンジュ
屋敷魔人のガッポリウーハー

荷馬車魔人のアルンキーツ
同じテーブルを囲んでいるこの五人と、ゲンブーシンと飲み比べをしているヴァランタインの計六人である。

ピクリとも動かないゲンブーシンを横目で見ながら、金髪勇者は、

「……ヴァランタインを普通の女と思って勝負するから、ああなる」

自らのグラスをグイっと飲み干した。

金髪勇者の向かいには、酔いつぶれたアルンキーツが口に酒瓶を三本突っ込んだまま、椅子の背もたれにだらっともたれかかり意識を失っている。

「アルンキーツってば、いっつも最初だけは勢いいいんだよねぇ」

その横の席に座っているガッポリウーハーは楽しそうに笑いながら、アルンキーツが食べ残しているつまみを肴にちびちびと酒を飲んでいた。

その横には、リリアンジュが腕組みをした状態で座っている。

一見すると、周囲を警戒しているようにも見えるのだが……実際は、すでに酔い潰れて眠っていたのであった。

そんな皆を見回したツーヤは、

「まぁ、酒代をあの人が持ってくれることになったわけですしぃ、今夜はみんなで好きなだけ飲みましょう～」

そう言いながら、金髪勇者にグラスを向けた。

金髪勇者はツーヤへ視線を向け、

「……ツーヤよ、お前おごりとなると容赦なくなるよな」

苦笑しながら、自分のグラスをツーヤのグラスと合わせる。

「当たり前じゃないですか～。金髪勇者様パーティのお財布を預かる身ですもの！　自腹でない時くらいとことんいきますよ～」

そう言うと、グラスの酒を一気に飲み干し、

「すみませ～ん！　このお店で一番お高いお酒をくださいな～！」

すかさず、追加注文をオーダーしていた。


……そんなお祭り騒ぎな金髪勇者達のテーブルとは裏腹に……

「起きて～！　お願いだから目を覚ましてゲンブーシン……」

自らのテーブルで、デミは両手を合わせて必死に祈っていた。

……しかし。

そんなデミの視線の先で、ゲンブーシンは完全に沈黙したまま、ピクリともしない。

「お願い、動いて！　負けないでぇ……あんなに飲み食いされたお金、支払えないよ～……」

デミは、その目から滝のように涙を流しながらひたすら祈り続けていた。

そんなデミの祈りも虚しく、限界を超えて飲み続けたゲンブーシンは、いまだにピクリともしな

い。

◇しばらく後……◇

酒比べはヴァランタインが圧勝した。

「さぁ、他に挑戦者はいないのかしらぁ？　アタシは何時《いつ》でも、何処《どこ》でも、誰の挑戦でも受けるわよ～」

片手で軽々と持ち上げた樽から酒を飲み干していくヴァランタイン。

そんなヴァランタインの周囲を、先ほどの野次馬達が取り囲んでいる。

「姉さん、ほんとすげぇ飲みっぷりだな」

「そんなに細身なのに、どこに入っているんだ？」

「とにかく、酒飲み女王に乾杯だ！」

そんな声を気持ちよさそうに聞きながら、酒を飲み干していくヴァランタイン。

その周囲では、金髪勇者達も飲み食いを続けている。

……そんな店内には……

「い、いらっしゃいませ……」

ウルゴファミリーの現当主であるデミは、エプロン姿でウェイトレスをしていた。

酒飲み対決で敗北したゲンブーシン。

そのため、ゲンブーシンの手持ちのお金では払いきれなかったデミは、足りない分を働かされる羽目になっていたのであった。

（……あうう……う、ウルゴファミリーの現当主であるこの私が、なんでこんな胸元が大きく開いたミニスカート姿で働かないといけないのぉ……）

勝負に使用した酒代に加えて、金髪勇者達が飲み食いしている代金を支払うには手持ちの金がまったく足りず、差額分働いている最中なのであった。

店内を露出度の高い衣装で接客して回っているデミは、その顔を真っ赤にし、終始うつむき加減であった。

「ほらほら、あんた可愛《かわい》い顔してんだから、背筋をのばしてしゃきっとしなって」

そんなデミの背を、店主の女房が、カラカラ笑いながら、パ～ンと叩《たた》く。

「は、はいぃ!?」

デミはびっくりしたように背を伸ばしながら、返事をする。

そんなデミの様子を、厨房《ちゆうぼう》の中で皿洗いをしながら横目でみている、ゴーレムのローゼンローレルと綿毛花族の剣士・ロッセリナの二人。

二人はともにウルゴファミリーの数少ない構成員である。

「おのれ……お嬢にあのような屈辱を……金髪勇者め、おぼえておくでありますわ」

「なんかもう、切り刻むしかないでふわ～」

ブツブツ言いながらも、皿洗いの手を休めることなく働き続けていた。

◇◇◇

閉店した店内には、掃除をしているデミと皿洗いを続けているローゼンローレルとロッセリナの二人。

ちなみに、ゲンブーシンは、いまだにソファに横たわったままで、

「暑っ苦しいゾイ、ココ……出られないのゾイ……おーい、出してほしいゾイ……」

いまだ定まらない視線を宙に彷徨《さまよ》わせながら、意味不明な言葉をつぶやき続けていた。

「……はぁ……どうしよう……今日一日働いたくらいじゃ、多分全然足りない……」

金髪勇者達が閉店までに飲み食いした分量を思い出しながら、デミはその目に涙を浮かべていた。

「お嬢を泣かせたでありますな……」

「やはり金髪勇者は切り刻むふわわ～」

そんなデミを厨房から見つめながら、ローゼンローレルとロッセリナの二人もまた、悔し涙を流していたのだった。

そんなデミ達に、店長が歩み寄ってきた。

「お前さん達、もう帰っていいよ。お疲れさん」

「「「へ？」」」

店長の言葉に、キョトンとなるデミ達。

「で……でも私達、まだ足りないお金の分働けてないんじゃ……」

「あぁ、それなら金髪の兄さんが帰る時に全額支払ってったよ」

そう言うと、店のテーブルの上に、人数分の賄い飯をのせていく。

「今日はよく働いてくれたしね。これでも食ってってくんな」

店長はそれだけ言うと、店の奥へと引っ込んでいった。

デミは、賄い飯ののったテーブルを見つめながら、

「金髪の人って……あの金髪勇者だよね……」

ぼそっと呟《つぶや》いた。

◇◇◇

……その頃。

金髪勇者一行は、店から離れた川沿いで宿泊していた。

「うむ、以前であれば野宿だったのだが、建物に変化出来るガッポリウーハーのおかげで快適にすごせるな」

『あはは、褒めても胃液くらいしかでないですって』

「おいおい……それは勘弁してくれ」

ほどよく酔いが回って上機嫌らしく、軽口を交わす金髪勇者とガッポリウーハー。

そんな金髪勇者に、ツーヤがにじり寄っていく。

「もう、金髪勇者様ったらぁ、賭けに負けた人のお金を支払ってあげるなんてぇ」

財布の中身を確認しながら、ツーヤは憤懣《ふんまん》やるかたないといった表情を浮かべていた。

その視線の先で、金髪勇者は、はっはっはと笑うと、

「もともと、負けなどあり得ない勝負に巻き込んでしまったんだしな。有り金分は負担してもらったのだからそれぐらい良いではないか」

ツーヤの肩を叩く。

そんな金髪勇者に、ツーヤはぷぅと頬を膨らませ、

「確かにそうですけどぉ……そうされるとわかってたらぁ、もう少し飲み食いするのをセーブしましたのにぃ」

プイッと視線を横にそらしていく。

そんなツーヤの様子に、金髪勇者は、

「ホントに、お前はおごりの時は容赦ないからなぁ」

楽しそうに笑っていた。

そんな金髪勇者の周囲には複数のベッドがあるのだが、その上では金髪勇者一行の面々が気持ちよさそうに寝息を立てていた。

◇翌日◇

　裏街道の一角にある場末の宿屋。

　その一室にウルゴファミリー四人の姿があった。

「お嬢……面目次第もござらぬゾイ……」

　ベッドに座っているデミの前で、うなだれているゲンブーシン。

「金髪勇者のパーティメンバーに勝負で敗れたばかりか、施しまで受ける羽目になってしまうゾイとは……」

　その横に、ロッセリナとローゼンローレルが立ちはだかった。

「かくなる上はですねふわわ〜、この綿毛花族の剣士ロッセリナの剣技と」

「ゴーレムである、このローゼンローレルのパワーで打ち負かすしかないでありますわ！」

　ロッセリナは剣を構え、ローゼンローレルは、胸の前で両拳を突き合わせながらポージングを決める。

　そんな一同を見つめながらデミは、

「とりあえず、今後はお金をかけた勝負は厳禁だよ……もうお金あんまり残ってないから……」

　そう言いながら、ほぼ空っぽになっている財布を握りしめた。

　そんなデミにローゼンローレルは、

「ご心配なくデミ様、金髪勇者を倒せば賞金がもらえますし、名声も手に入りますし全てが解決いたしますわ！」

そう言いながら、ゴリラバンプから、サイドチェストのマッチョポーズへ移行していくローゼンローレル。

デミはそんなローゼンローレルを見つめながら、

「……ところで、金髪勇者達の行方はわかったのかしら？」

そう言いながら、周囲を見回した。

デミの言葉を受け、ロッセリナとローゼンローレルも周囲をキョロキョロと見回す。

「いや、あのそれがですねふわわわ～……」

「どこの宿にもそれらしい人物はいなかったのですわ」

二人の言葉を聞いたデミは、小さくため息をついた。

「……まずは、金髪勇者を捜すところからスタートですね。でも、その前に一休みしましょう。二人とも金髪勇者を捜して夜通し街中を駆け回ってくれていたんですから」

「で、デミ様……」

「ホントにお優しいのですわ」

デミの言葉に、二人は思わず感涙を流した。

◇朝◇

金髪勇者一行は、馬車に変化したアルンキーツに乗り街道を移動していた。

『いやぁ、やはり酒は百薬の長でありますな。昨夜の痛飲のおかげで変身能力が絶好調であります！』

その言葉通り、アルンキーツが変化している馬車はいつもより豪奢《ごうしゃ》になっていた。

そんな馬車に乗っている金髪勇者達は全員顔をしかめていた。

「……アルンキーツよ、絶好調なのは結構だが……この荷馬車の中、酒臭いぞ……」

鼻をつまみ、眉間にシワを寄せている金髪勇者。

他の皆も同様に、鼻をつまんだり、両手で顔を覆ったりしている。

『金髪勇者殿、ひどいであります！　アルンキーツはこれでも女の子であります。そんな女の子に酒臭いなどと言ってはだめであります。セクハラであります』

憤懣やるかたないといった声をあげる。

そんなアルンキーツに金髪勇者達は、

「女の子を自覚しているなら、こんなに酒臭くなるまで飲むんじゃない！」

そう言いながら、荷馬車の窓を開け放つ。

アルンキーツは、車内から猛烈な酒の匂いをまき散らしながら街を抜け森の中へ向かって進んでいた。

金髪勇者が街を後にしたことを、宿で寝ているデミ達が気付くことはなかった。

◇数日後◇

とある街にたどり着き、酒場でくつろいでいた金髪勇者。

「金髪勇者様、ここにいらっしゃいましたか」

そんな金髪勇者の下に、一人の女が姿を現した。

人族の姿に変化しているその女は、右手の人差し指で伊達《だて》眼鏡をクイッと押し上げた。

「お前は……確か魔王ドクソンの側近、フフンか……」

「はい。今日は金髪勇者様に協力を仰ぎたい件がございまして」

「ふむ……とりあえず話を聞かせてもらおうか」

フフンは金髪勇者の言葉に一度頷《うなず》くと、伊達眼鏡をクイッと押し上げながら話しはじめた。

◇◇◇

「……それは本当なのか？」

金髪勇者は眉間にシワを寄せていた。

フフンはそんな金髪勇者に、

「えぇ、間違いございません。魔族達が大量に行方不明になる事件が頻発しておりまして、魔王ドクソン様の指示の下、四天王であられますザンジバル様、ベリアンナ様とともに調査を行っていたのでございますが……ある組織が魔族を使って人体実験を行っていること、間違いなく……」

フフンの言葉に、金髪勇者の隣に立っているツーヤは嫌悪の表情を浮かべた。

「そういえばぁ、昔ぃ人族を使って人体実験をしている国があったって聞いたことがありますけどぉ、これって危険すぎるからってぇ、かなり昔に禁止されたはずですよぉ」

「そう聞いておりますが……どうやらその国の研究者達が一部の魔族と手を組み、その実験を極秘裏に再開していたみたいなのです」

金髪勇者の前に水晶を置くフフン。

それに手をかざすと、水晶の中に数人の人物の上半身が浮かび上がった。

「ちなみに、最近誘拐されたのはこの三人……男の子が一人と女の子が二人でして、いずれも魔族の名家の子供達で、類《たぐ》い希《まれ》な魔力を有しております」

金髪勇者は、その画像をマジマジと見つめた。

その後方からツーヤ達も水晶へ視線を向けている。

「……ふむ……この者達を救出するのであれば、魔王軍が行えばよいのではないか？　何故《なぜ》私に依頼する？」

「それが……研究施設がクライロード魔法国領内にあるものですから。魔王軍を派遣するわけにいかないのです」

「ふむ……確かに、人族と魔族は休戦協定を結んだばかりだからな。こんな時期に魔王軍を人族の領内に派遣などしたら問題になる、というわけか……」

金髪勇者の言葉に頷くフフン。

……その時。

皆が滞在している酒場が激しく震動した。

「な、何があった？」

「よっくわかんないんですけどぉ、なんか紫っぽい変なのが、酒場に攻撃してるみたいですねぇ」

外を見ていたガッポリウーハーの言葉を聞いた金髪勇者は窓辺へ駆け寄っていく。

「な……なんだあれは？」

金髪勇者の視線の先には、細い肢体でその背から長い管を伸ばしている、紫の魔獣が立っていた。

その魔獣が酒場の建物に攻撃していたのである。


GUOOOOOOOOOOOOOOOOOOOOOOO

空に向かって咆哮《ほうこう》すると、紫の魔獣は手の先を槍《やり》のように尖《とが》らせ、酒場だけでなく周囲の建物まででも破壊しはじめた。

「あの魔獣……まさか、組織の調査を行っていた私を狙って……」

窓の外を見つめながら、右手の人差し指で伊達眼鏡をクイッと押し上げるフフン。

その眼前で、紫の魔獣が両腕を思いっきり振り上げた。

……その時だった。

ボコッ

紫の魔獣の足元に巨大な落とし穴が出現した。

魔獣の体はその落とし穴の中に落下していき、右足のほとんどすべてが埋もれてしまった。

「ふぅ……どうにかなったな」

酒場の中で安堵《あんど》の声を漏らしたのは金髪勇者だった。

その手には伝説級アイテムであるドリルブルドーザースコップが握られており、顔や衣服が泥で汚れている。

その後方には酒場の床に大きな穴が開いていた。


金髪勇者は、紫の魔獣が腕を振り上げると同時にドリルブルドーザースコップを使って地面に穴を掘り、魔獣の足元まで移動。

そこに巨大な落とし穴を作製してから戻ってきたのである。

これも、超高速で地中を掘り進めることが出来る伝説級アイテムを所持しているからこそ出来たことだといえた。


「さっすが金髪勇者様ぁ！」

手を握り合わせ、その場で飛び跳ねるツーヤ。

「それよりもヴァランタインよ！」

「おまかせください、金髪勇者様ぁ！」

金髪勇者の声を受け、左右の手から邪の糸を出現させていくヴァランタイン。

「さぁ、大人しくしなさぁい！」

両手を前方に振るうと邪の糸が飛び出し、落とし穴に右足がはまったため身動きが出来なくなっている紫の魔獣に絡みついていく。

「おほほほほ！　昨夜目一杯食べてるからぁ、今日の糸はちょっとすごいわよぉ！」

高笑いしながら邪の糸を放出し続けるヴァランタイン。

その糸で体中をグルグル巻きにされた紫の魔獣は、巨大な繭のようになり苦しそうに身もだえていた。

「おいたが過ぎたわねぇ。このままくびり殺してあげましょうかぁ？」

ヴァランタインは、腕を交差させ、邪の糸の拘束を強めていく。

その時だった。

紫の魔獣の隣、地面の上に巨大な魔法陣が展開しはじめ、その中から青い魔獣が出現したのである。

「ちょ、ちょっと二匹目って!?」

慌てて、新たな邪の糸を準備するヴァランタイン。

しかしそれよりも早く、青い魔獣はナイフ状になっている右腕を、紫の魔獣を拘束する邪の糸へ振り下ろす。

鋭利な右腕によって邪の糸は切断された。

「うぬ」

改めてドリルブルドーザースコップを構える金髪勇者。

その眼前で、いまだに繭状になっている紫の魔獣を抱きかかえた青い魔獣は、先ほど自分が出現した魔法陣の中へと消えていった。

その光景を、窓から見つめていた金髪勇者一行。

「……なんだったんだ、あれは……?」

金髪勇者は唖然《あぜん》とした表情を浮かべていた。

「……おそらくですが……」

金髪勇者の隣で、右手の人差し指で伊達眼鏡をクイッと押し上げるフフン。

「……あれが、例の研究の産物……魔族が魔獣に変化した姿……」

◇◇◇

「あたたたた……もう少し優しくしてほしいのよねぇ」

「あぁ、なんか申し訳ありません～」

瓦礫《がれき》で怪我《けが》をしたガッポリウーハーを、ツーヤが手当てしていた。

酒場の周辺には他にも怪我人が出ており、それをアルンキーツやリリアンジュ達が手当てして回っている。

その近くで、金髪勇者はフフンと言葉を交わしていた。

「……では、お前の集めた情報の中に先ほどの魔獣の情報があったというのか」

「はい。以前は人族の巨大魔獣化を研究していたらしいのですが、魔族の方が適性が高いと判断したらしく魔族を使っての研究に切り替え、その結果として生み出された魔獣の水晶画像を確認しております」

フフンが手にしている水晶の中には、その言葉通り先ほど出現した青い魔獣の姿が映し出されていた。

「で、その者達は、このような魔獣を生みだして何をする気なのだ？」

「……おそらく、戦争を欲している勢力に売りつける気ではないかと……」

二人が会話を交わしていると、そこにアルンキーツが歩み寄ってきた。

いつものように背筋をピンと伸ばし、一度敬礼をするアルンキーツ。

「こんなところでウダウダしていても無駄ではないかと愚考するであります。このアルンキーツ、まずは突っ込むことを提案するであります」

「うむ、それはもっともな意見だが……フフンよ、研究施設の場所は把握出来ているのか？」

「いくつか拠点らしき場所は把握しておりますが、いずれも末端の研究施設らしく本拠地まではし……」

金髪勇者の言葉に、フフンは伊達眼鏡をクイッと押し上げて首を左右に振る。

「むぅ、じれったいでありますなぁ」

地団駄を踏んでいるアルンキーツの隣で、金髪勇者は腕組みしたまま考え込んでいた。

そこにリリアンジュが歩み寄った。

「金髪勇者殿、私の探査能力で先ほどの魔獣の気配を探知することが可能でございます」

「そうか、ならばすぐに出発するぞ！」

「了解であります！」

金髪勇者に敬礼すると、自らの体を馬車へと変化させていくアルンキーツ。

金髪勇者一行とフフンは怪我人の治療が終わったことを確認すると、アルンキーツの中へ乗り込んでいった。

◇数刻後・とある森の中◇

金髪勇者を倒すべく、その行方を追っていたウルゴファミリー一行。

四人は今、森の中を必死になって逃げ惑っていた。

「な、なんなんですかぁ、あの赤い魔獣はぁ!?　いきなり襲いかかってくるなんてぇ」

デミは、その目から大粒の涙をこぼしながら懸命に走っていた。

その後方に鉄腕族のゲンブーシン、ゴーレムのローゼンローレル、綿毛花族の剣士ロッセリナが続いている。

更にその後方から、細身のシルエットで、その腰のあたりから後方に長管をのばしている赤い魔獣が、手を四つ足のように使いながら疾走し、ウルゴファミリーを追走していた。

「わ、ワシも長く生きておるが、あんな魔獣、みたことがないゾイ」

そう言うと、ゲンブーシンは、その場に立ち止まり、

「ロッセリナ、ローゼンローレル、お嬢は任せた、ここはワシは食い止めるゾイ」

ゲンブーシンが両腕に力を込めるとその腕のみが巨大化し、鉄の塊へと変化していく。

「魔獣め、これでもくらえ！」

ゲンブーシンは、その両腕を軽々と振り回しながら、赤い魔獣に躍りかかった。

その赤い魔獣の後方から、背に羽の生えた白い魔獣達が無数に宙を舞い、ゲンブーシンに四方八方から襲いかかっていく。

「ぬぅ、増援とは卑《ひ》怯《きょう》者《もの》めがぁ!?」

ゲンブーシンは、困惑しながらも鉄腕をふるい、白い魔獣を叩きつぶしていく。

そこに体勢を低くして突っ込んでいく赤い魔獣。

「う、うぬ!?　し、しまったゾイ」

白い魔獣に集中しすぎていたため、ゲンブーシンの対処が遅れる。

その腹部に右手を叩き込んでいく赤い魔獣。

「ぐほぉっ！」

直撃をくらったゲンブーシンは後方に吹き飛ばされ、周囲の木をなぎ倒しながら倒れ込んでいく。

そこに白い魔獣達が群がり、倒れ込んだままのゲンブーシンを集団で殴打し始める。

「え〜い、赤いのより力は弱いが、多勢に無勢では……ぐふぅ」

必死に腕でガードするものの、その隙間をかいくぐるようにして次々に魔獣の拳がゲンブーシンに叩き込まれていく。

そこに、

「させません！」

引き返してきたデミが、悪魔族が愛用している巨大な鎌を振り回しながら白い魔獣達へと躍りかかった。

その場の空気が、冷たく裂かれるような音が一瞬響き、白い魔獣達が吹き飛ばされていく。

「ゲンブーシン、無事ですか？」

鎌を抱きかかえたデミが駆け寄ると、ゲンブーシンがむくりと起き上がった。

「心配しすぎじゃ、お嬢。おかげで、ワシの華麗な逆転劇をお見せ出来なかったゾイ」

そう言い、ハッハッハと笑っていく。

その元気そうな様子に、デミは思わず安堵のため息をもらした。

……そこに、隙があった。

「……あ」

デミは、後頭部に鈍痛を感じると、そのまま気を失った。

「お嬢!?」

慌てて振り向いた、起き上がったばかりのゲンブーシンと、遅れて駆けつけてきたウルゴファミリーの面々の前で、気絶したデミを小脇に抱えた赤い魔獣は雄叫《おたけ》びを上げると、森の中へと消えていった。

「てめぇ、お嬢をかえしやがれ！」

「待つふわわ～！」

「叩き潰してやるわ！」

「邪魔ふわわ～！」

その後を慌てて追いかけるウルゴファミリー。

しかし、その眼前に白い魔獣の残党が殺到していく。

剣士ロッセリナは、見た目のほんわかな様子とは真逆の鋭い太刀筋で、白い魔獣を切り裂いていく。

他の二人も、白い魔獣を迎え撃っているのだが、その数があまりにも多すぎるためその場で応戦するのが精一杯の状態だった。

最初こそ優勢だったものの、次々に出現する白い魔獣の前に徐々に追い込まれていく。

「……さすがに、ちとまずいですわ」

「何を言うか、ここから逆転ゾイ」

ローゼンローレルとゲンブーシン、ロッセリナの額には冷や汗が伝っていた。

そんなウルゴファミリーにジリジリと迫る白い魔獣達。

そして、躍りかかろうと一斉に駆けだした……その時だった。

ボコォ
突如、魔物達の足下に無数の落とし穴が開いていき白い魔獣達が次々に落下していく。

何体かは、羽をばたつかせて落下を免れていたのだが、

「えぇい、往生際の悪い」

そんな声と共にスコップらしき物体で頭を殴られ、あえなく穴の中へ落下していく。

穴の中には無数の槍がたてられており、落下した白い魔獣達は漏れなく串刺しになっていた。

その光景に唖然とするウルゴファミリーの面々。

そんな一同の前に、落とし穴の周辺で飛び立とうとしていた魔獣をスコップでぶん殴っていた男が歩み寄った。

「き……貴様は……金髪勇者……ゾイ」

ゲンブーシンの言葉通り、そこに立っていたのはドリルブルドーザースコップを手にしている金髪勇者だった。

「貴様、なぜここに……いや、それよりも……助けてもらって感謝する……ゾイ」

苦々しそうに唇を噛《か》みしめながらも、ゲンブーシンは深々と頭を下げる。

それに続いてローゼンローレルとロッセリナも金髪勇者に向かって頭を下げた。

「そんな事はどうでもよい。それよりも……」

金髪勇者は落とし穴の方へと歩み寄る。

「魔獣の気配を追ってここまできたのだが……しかし、なんなのだこいつらは……」

ドリルブルドーザースコップで落とし穴を埋め戻しながら首をひねる。

そんな金髪勇者の近くでは、近くに転がっていた白い魔獣の死体をフフンが調べていた。

「……この白い魔獣は、魔法で生み出されたようですね……紫や青の魔獣達より小柄ですし、魔力も弱いようです」

魔獣に左手をあて、魔法陣を出現させて白い魔獣を調べていたフフンは、そう言うと右手の人差し指で伊達眼鏡をクイッと押し上げた。

「……基本的な構造は、遠距離解析した紫の魔獣達と酷似してはいるのですが……強いて言えば、劣化型というか量産型というか、この拳部分やかみ砕くための顎などは異常なまでに硬度化されているのですが、本体部分はもろくなっています……攻撃に全振りし、防御を捨てた構造とでも申しますか……」

伊達眼鏡をクイッと押し上げながら白い魔獣を解析しているフフン。

その言葉に、金髪勇者は、

「そんな物まで作り出しているというのか……急がないととんでもないことになりそうだな」

腕組みをしながら考えを巡らせる。

そこに、ヴァランタインが歩み寄ってきた。

「で、金髪勇者様、どうなさるおつもりですかぁ？　この魔獣を作り出しているヤツらの本拠地ってクライロード魔法国のどこかにあるんでしょう？　下手に関わったら罪状が加算されてしまいま

れている。

　ヴァランタインの言う通り、金髪勇者はクライロード城の宝物を盗み出した件、封印されていた魔人と暗黒大魔導士を解放した件などにより、クライロード魔法国から人族世界全域で指名手配されている。

　金髪勇者は、ヴァランタインへ視線を向けた。

「そんなことはどうでもよい。この件に関してはドクソンが困っているのであろう？　それを放っておくことなど出来ぬ」

「ふふ、金髪勇者様なら、そう仰《おつしや》ると思っていましたわぁ」

　嬉《うれ》しそうに笑みを浮かべるヴァランタイン。

　そんな金髪勇者に、その話を聞いていたゲンブーシンが口を開いた。

「……金髪勇者よ……恥を忍んで聞く……やつらのアジトを突き止める方法はないゾイか？　あの赤い魔獣に、お嬢を連れ去られちまったんだゾイ……」

「早く助けないと、ふわわ～」

　ロッセリナも心配そうな声をあげていく。

「あいつ、次にあったら背骨をへし折ってやるわ！」

　両腕を胸の前で組み合わせながらマッスルポーズをとるローゼンローレル。

　金髪勇者はそんな一同を見回した。

「うむ……お前達の気持ちはわからんでもないが……残念ながら我々も今のところあの者達の本拠

地に関する情報が何もないのでな……」

その言葉に、ウルゴファミリーの面々は肩を落とした。

「ふふ……金髪勇者様ぁ、そうでもないですわよぉ」

そんな金髪勇者達に、ヴァランタインが意味ありげな笑みを浮かべる。

「そ、それは本当か？」

ヴァランタインへ向き直る金髪勇者。

ウルゴファミリーの面々もまた、ヴァランタインへ視線を向けた。

そんな一同の前で、ヴァランタインは右手の人差し指を立てる。

その指先から、細い邪の糸が伸びており、今もどこかへ向かって、スゴイ勢いで繰り出され続けていた。

「さっきここにいた赤い魔獣に……ね？」

「では、この糸をたどれば、ヤツらの本拠地に……」

金髪勇者の言葉にヴァランタインは頷いた。

◇数刻後◇

「……ウィンターマン、魔族魔獣はどうなのかしら？」

黒い魔道服に身を包んでいるその女は、椅子に座ったまま、後方に立っている白い魔道ローブを身にまとっている初老の男に声をかけた。

ウィンターマンと呼ばれたその男は、後ろ手に腕を組んだ姿勢でその場に起立しており、

「創始者アンカー、実験は順調です。量産型の生成にも成功いたしました……しかし……」

そう言うと、ウィンターマンは口ごもった。

アンカーと呼ばれた女は、視線だけをウィンターマンへ向け、

「……実験体の暴走のこと、ですか？」

低い声で言った。

アンカーの言葉に、ウィンターマンは頷く。

「……本来であれば使役主の命令に絶対服従するはずなのですが……ことごとく暴走しているようでは、とても売り物には……」

「原因は？」

「おそらく、素体である魔族の能力が不足していたのではと……もっと強大な魔力を有している魔族を使えば解決するのではないかと……」

会話を交わしているアンカーとウィンターマンの後方から、二人の女が歩み寄ってくる。

「……貴方達《あなた》、なんか変な相談してるけど……魔族魔獣の納期は大丈夫なんでしょうね？　売却相手はもう決まってんのよ？　白い魔獣と魔族魔獣、きっちり納品出来るんでしょうね？」

小柄で真っ黒なゴスロリ衣装を身にまとっているその女は、背負っている巨大なそろばんを左手に持ち替えると、玉をパチパチはじきながら計算し始めた。

その女の横で、そろばんの女同様に、黒いゴスロリ衣装に身を包んでいるもう一人の女は、黒目

だけの目を見開き、グリングリンと体を不規則に動かし続け、

「納期を守ってこそ仕事仕事仕事なのよ～♪」

高い声で歌い、踊りまくっていた。

ウィンターマンは、二人にわからないように舌打ちした。

「……協力してくれているお前達闇商会には感謝している……約束の魔族魔獣もうじき引き渡せる」

その言葉に、アンカーもまた、

「大丈夫……問題ないわ」

そう言い、小さく頷いた。

「ついさっき、素体になりうる強大な魔力を有した魔族を捕縛したから」

アンカーの視線の先、水晶の中には巨大な研究工房で静止している赤い魔獣の姿が映し出されていた。その手の中には、気絶しているデミの姿があった。

◇◇◇

「……ここは？」

ウルゴファミリーの当主である少女・デミは、暗闇の中で目を覚ました。

十字架のようなものに磔《はりつけ》にされているらしく、その手は左右に伸ばされ、手首のあたりを魔法の

輪で縛り付けられていた。

その首と両足も同様に縛り付けられているデミは、完全に身動きを封じられていた。

この拘束が、普通の荒縄や、鋼鉄製の枷《かせ》などであれば、悪魔人であるデミなら簡単に破壊することが出来た。しかし、この拘束に使用されている魔法の輪には、高位拘束魔法が付与されておりデミの魔力を封印していた。

それでもどうにか逃れようと、デミは手足を必死に動かす。

「お目覚めのようね、魔族の女」

そんなデミの前に、暗闇から一人の女が姿を現した。

その女は、二十代にも五十代にも見える不思議な容姿をしており、黒のスーツを身につけていた。

女はゆっくりとデミに近づいていく。

デミはその女をにらみつけた。

「あなたは誰ですか？　私をここから出しなさい」

しかし、その女はデミの言葉に応えることなく、拘束されたままのデミの服に手を掛けると、それを一気に引き裂いた。

「きゃあ!?　ちょっと何するんですかぁ!?」

いきなり服を破かれ、顔を赤く染めながら抗議の声を上げるデミ。

だが、その女はデミではなく、後方へ顔を向けた。

「ウィンターマン、魔族魔獣の融合実験に使うのだから着衣はすべて剝いでおけと言ったでしょう？」

そう言いながら、無理矢理に、デミの服をすべて破り、はぎ取っていく。

そんな女の後方から歩み寄ってきた、白いスーツ姿の初老の男――ウィンターマンは、

「創始者アンカー、どうせ実験の途中で溶けて無くなってしまうのですし……」

首を少し傾けながら、デミの服を破り続けている女――アンカーへ声をかける。

だが、アンカーはそんなウィンターマンをにらみつけると、

「たとえそうであっても、ほんのわずかでも不確定と思われる要素は全て排除し、常に百パーセントの準備をもって実験にあたりなさい。ただでさえ時間がないのですよ？」

「……申し訳ありませんでした」

アンカーの言葉に、ウィンターマンは恭しく一礼する。

磔にされたまま完全に衣服を剝ぎ取られたデミは、顔を真っ赤にしたままうつむいていた。

アンカーは、そんなデミの体を、頭の先から足の先まで見つめていく。

その視線に気付いたデミは、その顔を真っ赤にしたまま、モジモジと体を動かし続けていた。

「おもしろいわね……魔族も恥ずかしいという感情を持ってるなんて……」

ボソッと呟くアンカー。

その言葉を聞いたデミは、アンカーをにらみつけた。

「あ、あるに決まってますぅ！　だから早くここから解放してくださぁい、せめて体を何かで隠してくださいぃぃ」

目から涙をこぼしながらも、怒声をあげる。

アンカーは、そんなデミの前で右手をあげた。

「……心配しなくてもいいわ……もうすぐそんな感情はすべてなくなるから」

アンカーの合図を受けて、その後方から紫の服を着た男一人・青と赤の服を着た女二人の合計三人の魔族の子供達が、一体の魔獣を引き連れてきた。

その魔獣は、紫・青・赤の魔獣を人サイズにした容姿をしていた。

デミを拘束しているのと同じ魔法の輪の拘束具で口を塞ぎ、手と手・足と足をつなぎ合わされ、動きを制限されている。

その魔獣を、三人の子供達は無表情のまま誘導している。

アンカーは、連れてこられた魔獣の口の拘束をはずした。

すると、

GRUUUUUUUUUUUUUUU

魔獣は、低いうなり声を上げながら、前方で磔にされているデミへ視線を向けた。

「ひ、ひぃ!?」

魔獣に睨《にら》まれ、思わず悲鳴を上げるデミ。

そんなデミへ魔獣は舌を伸ばしていく。

その舌は、大きな筒状になって伸びていき、デミの頭に吸い付くと、そのままデミの体を覆い始めた。

「ちょ、ちょ、ちょっとま、もがあ……」

悲鳴をあげるデミ。

しかし、その口はすぐに魔獣に覆われてしまい、デミの声は聞こえなくなった。

魔獣の舌は、すでにデミの腰のあたりまで覆っていた。

その様子を、アンカーは無表情に見つめる。

「融合率は？」

アンカーの隣で、魔法のウインドウを展開しているウィンターマンが目を見開いた。

「……素晴らしい、融合率が二百パーセントを超えています。いままで被験者として使用した人族や魔族ではあり得なかった数値です」

アンカーは、その言葉を聞くとにやりと微笑《ほほえ》んだ。

「どうやら闇商会の納期に間に合いそうね。そのお金で、魔族魔獣の増産に着手し、いずれはこの私がこの世界を……」

満足そうに頷くと、その視線を無表情のままで立っている三人の魔族の子供達へ向けた。

「……ん？」

その時、アンカーは、赤い服を身につけている魔族の女の子の体から何かが伸びているのに気がついた。

アンカーが手を伸ばすと、そこに細い糸があった。

その糸は、細いながらも赤い服の女の子の腰のあたりにぴったりと張り付いており、子供達が入ってきた扉の向こうへ伸びていた。

「……ウィンターマン、この糸気になるわ、すぐ調べて……」

そう言いながら、ウィンターマンへ視線を向けるアンカー。


……だんちゃあああああああああああああああああああああああく

アンカーは、どこからか声が聞こえた気がして、周囲を見回す。

「今！」

すると、今度はその声がはっきり聞こえた。

同時に、廊下の壁が大音響とともに砕け散る。

「な、何事!?」

困惑した声をあげるアンカー。

そこに、一台の魔砲戦車が乗り込んできた。

「魔砲戦車……確か、ドドイツ国が秘密裏に復活させようとしていると噂《うわさ》されている異世界の古代魔導兵器……それが、なぜここに」

アンカーは思わず後退《あとずさ》りする。

荷馬車魔人であるアルンキーツは、一度手に触れたことがある乗り物に変化する能力を有している。この魔砲戦車も、その一つなのであった。

『ふっふっふ、荷馬車魔人アルンキーツの魔砲戦車の魔砲であれば、こんな壁など一撃であります』

魔砲戦車からアルンキーツのドヤった声が聞こえて来た。

「お嬢！　無事ゾイ？」

豪腕族のゲンブーシンをはじめとしたウルゴファミリーの三人が、アルンキーツの横から部屋の中へ駆け込む。

それに続き金髪勇者一行が部屋の中に入ってきた。

金髪勇者と、その後方に立っているヴァランタインの姿を見るなり、紫の服の男の子がガタガタ震えはじめた。

「あ……あ……お、落とし穴……糸……く、苦しいの、いや……嫌だ……」

「いけない……暴走しかけてる」

アンカーが慌てた様子で紫の服の男の子に駆け寄る。

しかし、それよりも早く紫の服の男の子は咆哮しながら巨大化し、紫の魔獣へ変化していく。

それに呼応するかのように、青と赤の服の女の子も魔族魔獣へと変化し、その巨体で部屋を破壊していく。

「金髪勇者様、危ないですねぇ」

屋敷魔人のガッポリウーハーは、自らの体を掘っ立て小屋風に変化させ、落下してくる瓦礫から金髪勇者一行とウルゴファミリー達を守った。

部屋を破壊した三匹の魔獣達は、それに気がつくと掘っ立て小屋に向かって一斉に襲いかかった。

「いかん、ガッポリウーハーよ、戻れ」

「はい、ですねぇ」

金髪勇者の言葉を受けて、人型に戻るガッポリウーハー。

「魔獣達よ、私の落とし穴の中で震えて眠るがいい！」

金髪勇者は、魔法袋から取り出したドリルブルドーザースコップを手にとると、それを床に突き立てた。

……その時だった。

金髪勇者へ襲いかかろうとしていた魔族魔獣達は、金髪勇者がドリルブルドーザースコップを構えると、まるでそれを避けるかのように後方へ飛び退《の》き、金髪勇者を遠巻きにしながら威嚇の声を上げ始めたのである。

その光景を見ていたアンカーは、金髪勇者を見つめていた。

「……その手に持っているのは……伝説級アイテムのドリルブルドーザースコップなの？」

困惑した声をあげるアンカー。

「だったらどうしたというのだ？」

ドリルブルドーザースコップを手にしたまま返答する金髪勇者。

そんな金髪勇者に、

「よし、お嬢を解放したふわわ～！」

ウルゴファミリーのロッセリナが声をかけた。

その隣で、ローゼンローレルが、ぐったりしているデミを抱きかかえている。

その体には、ローゼンローレルが羽織っていたマントが巻き付けられていた。

金髪勇者はそれを確認すると、

「よし、退くぞ！　アルンキーツ、急げ！　ヴァランタイン！　こいつらの動きを封じろ！」

「了解したであります！」

「おまかせくださぁい！」

金髪勇者の声に、即座に反応する二人。

アルンキーツは、その体を荷馬車に変化させていく。

その横でヴァランタインは、その手から無数の邪の糸を放出すると、三匹の魔獣のみならず室内のほぼ全てを邪の糸で満たしていく。

「な、なんてことを!?」

身動き出来なくなったアンカーは、忌々しそうな声をあげながらヴァランタインをにらみつけた。

他の魔獣達もその体の大半を糸に拘束され、身動きひとつ出来なくなっており、ひたすら咆哮を上げ続けていた。

そんな一同を見回したヴァランタインは、

「ではぁ、皆様ぁ、ごきげんよぉ」

そう言うと、荷馬車へ向かって歩き始める。

そんなヴァランタインの眼前に、一人の少女が立ちふさがっていた。

銀髪をかき上げながら、ヴァランタインを凝視する少女。

「あなたぁ、誰ぇ？」

眉間にシワを寄せるヴァランタイン。

少女は無表情のままヴァランタインを見つめている。

「面倒くさいわ……僕の役目は魔獣と魔族を融合させる魔法を執行するだけ……そのはずなのに、なんで侵入者の接待までしないといけないの？」

小さくため息をつきながら、ヴァランタインへ歩み寄っていく銀髪の少女。

「でもまぁいいわ……戦いの旋律って嫌いじゃないし……ちょっとだけ本気だしてみるね」

瞬時に、右腕をムチのようにしならせながら伸ばしていく。

その腕を左手一本で叩き落とすヴァランタイン。

「なぁに？　こんなの全然……って、え？」

ヴァランタインが叩き落としたはずの腕が伸びていき、ヴァランタインの体全体をグルグル巻きにしていった。

「ふふ……僕の調べ、素敵でしょ……でも、もう聞こえないかしら？」

左腕をタクトを振るかのように動かしながら身を踊らせる少女。

その動作の途中、左手の爪が伸びていき、グルグル巻きになっているヴァランタインを貫いた。

「よし、タブリス。よくやったわ。その女をそのまま連れてきなさい」

いまだ、邪の糸に自由を奪われているアンカーは、銀髪の少女——タブリスへ向かって声をあげた。

タブリスと呼ばれた少女は、アンカーへ視線を向けると、

「せっかちね……まぁいいけど」

左手の爪を元に戻し、ヴァランタインに巻き付いていた右腕をほどいていく。

「あ……あれ？」

困惑した表情を浮かべるタブリス。

そう……腕の中から出現したのはヴァランタインではなく、部屋の隅に置かれていた丸太だったのである。

「いまだ！　ヴァランタイン！　リリアンジュ！」

金髪勇者の声が響いた。

その声は丸太の下から聞こえてきた。

よく見ると、そこには穴が開いており、

「さっきは油断しちゃったけど、今度はそうはいかないわよぉ！」

「ヴァランタイン様、援護いたしますゆえ！」

そこからヴァランタイン達が飛び出していく。


……そう。

ヴァランタインがグルグル巻きにされる寸前に、ドリルブルドーザースコップで穴を掘って接近した金髪勇者がヴァランタインと丸太をすり替えていたのである。


二人に続いて穴から飛び出した金髪勇者が、ドリルブルドーザースコップを大上段に振りかざしながらタブリスと対峙《たいじ》する。

「ど、ドリルブルドーザースコップ!?　なんで」

金髪勇者の手の中の武器を凝視し、タブリスは驚愕《きょうがく》の表情を浮かべながら後ずさりした。

それまで、無表情・無感情だったタブリスのいきなりの豹変《ひょうへん》具合に、対峙しているヴァランタインとリリアンジュも困惑した表情を浮かべている。

タブリスの様子を確認した金髪勇者は、納得したように頷いた。

「やはりな……あの魔獣達がこのドリルブルドーザースコップを恐れていたように感じていたのだが、貴様も、あの魔獣達同様に、我が相棒であるドリルブルドーザースコップが苦手なようだな」

金髪勇者の言葉に、憤怒の表情を浮かべていくタブリス。

「許さない……そんな不協和音、絶対に許さないいんだから」

体を激しく揺さぶりながら、タブリスは絶叫する。

そんなタブリスと、ヴァランタイン達を交互に見つめていた金髪勇者は、

「……よし、ここまでだ！　一旦退くぞ！」

そう言うと、ヴァランタインの腕を引っ張った。

「あん、金髪勇者様ぁ、これからがいいところですのにぃ」

「強がるな、魔力が枯渇しかけておろう」

「え？」

金髪勇者の言葉に目を丸くするヴァランタイン。


邪界の住人であるヴァランタイン。

彼女がクライロード世界で自分の体を維持していくためには毎日膨大な魔力を摂取する必要があった。

特に、邪の糸を放出しまくるとあっという間に魔力が消耗してしまう。


（……差し違えてでも、あの女を退治してみせますわぁ……）

そんなヴァランタインの決意を察した金髪勇者は、迷うことなく撤退の判断をしたのであった。

アルンキーツが変化した荷馬車へ飛び乗る金髪勇者・ヴァランタイン・リリアンジュの三人。

魔力が極端に減少しているヴァランタインの体は、妖艶な大人の女性の姿から、ツルペタな幼女

の姿に縮んでいた。

「よし、アルンキーツいいぞ！」

『了解であります！』

荷馬車は、一気に加速し、破壊された壁から抜けだしてく。

「いっそのことアルンキーツの魔砲でぜ～んぶぶっ壊せばよかったんじゃないですかね？」

『無茶言わないでほしいであります。打ち出す魔砲は自分の魔力を魔砲弾にして撃ち出してありますゆえ、撃ち過ぎたら魔力が枯渇してしまうであります。ただでさえ突入する際に撃ちまくり過ぎておりますゆえ』

「なんだぁ、いまいちすごくないんだねぇ」

アルンキーツの言葉に、唇を尖らせながら返答するガッポリウーハー。

その間も、アルンキーツは金髪勇者達を乗せて撤退していく。

「……もう……いいところだったのに……でも、逃がさないから」

肩で息をしているタブリスは、荷馬車が出て行った方向へ向かって駆け出そうとした。

「……お待ちなさい」

それを、アンカーが制した。

「無理に追う必要はないわ……」

アンカーが右手をあげると、そこには、小型の糸巻きの形をした魔法道具が握られていた。

「目には目を……糸には糸を……ね」

◇◇◇

アルンキーツが変化している荷馬車は、すさまじい勢いのままアンカーの本拠地を脱出し、森の中を疾走していた。

荷馬車の中では、ヴァランタインがすさまじい勢いで食べ物を食べている最中だった。

この食料は、ヴァランタインの非常食として、ツーヤが魔法袋の中に常備している物である。

「ふぅ……どうにか間に合ったわぁ」

安堵の声をあげるヴァランタイン。

食べ物を食べる度にその体は徐々に大きくなっていく。

しかし、食べ物から摂取出来る魔力は微弱なため、大きくなるペースはかなり遅い。

その光景を真正面から見ていた金髪勇者は、

「うむ……間に合ってよかった……が……お前、あとどれくらい食べれば元に戻るのだ？」

「そうねぇ……モグモグ……食べ物だけでならぁ……モグモグ……この二十倍もあればぁ……」

「に、二十倍ですかぁ!?」

ヴァランタインの言葉に、目を丸くするツーヤ。

「そ、それなりに準備はしていましたけどぉ、そんなにはありませんよぉ」

「そうですかぁ……モグモグ……そうですねぇ、他に魔石でもあればもっと少なくてすむのですけどぉ……モグモグ……」

その間も、食べ物を口に運ぶ手を止めないヴァランタイン。

「魔石でしたら、ここに……」

ヴァランタインの言葉を受けて、フフンが右手を差し出した。

その手の上には大きな魔石がのっていた。

「ヴァランタイン様に必要になるはずだと、魔王ドクソン様が直々に魔力をこめられておりますので……」

「まぁ！　ドクソンってば、気が利くわねぇ！」

そう言うが早いか、フフンの手から魔石を受け取ると、それを一息で呑《の》み込むヴァランタイン。

……しばらくすると、
ボフン！

効果音とともに、ヴァランタインの体が元のサイズに戻っていった。

「さっすがドクソンの魔力ねぇ、これでしばらくは大丈夫よぉ」

自分の体を確認しながら、満面の笑みを浮かべているヴァランタイン。

その横で、安堵のため息をもらしているツーヤ。

（……よかったです〜どうにかお金がかからなかったですぅ）

そんなやりとりを横で見ていたフフンは、

「さて、ヴァランタイン様が回復なさったわけですが、これからどういたしますか？　敵の本拠地がわかったとはいえ、我々にその場所を察知されたとわかった以上、別の場所に本拠地を移動させると思われるのですが……」

そう言うと、右手の人差し指で伊達眼鏡をクイッと押し上げた。

その話を聞きながら腕組みをしていた金髪勇者は、フフンへ視線を向けた。

「……その前に、ひとつ疑問なのだが……魔族魔獣と、銀髪の女は、皆、私のドリルブルドーザースコップを嫌がっていたように思うのだが、あれは何故なのだ？」

腰の魔法袋からドリルブルドーザースコップを取り出し、じっと見つめる。

「その理由がわかれば……あの魔獣共との戦い方も見えてくると思うのだが……」

金髪勇者の言葉に、フフンが伊達眼鏡をクイッと押し上げた。

「……確かにそうですね……では、私は一度魔王城に戻り、今回の調査に加わった方々から何かわからないか聞いてみましょう」

そう言うと、フフンは背にサキュバスの羽根を出現させ、疾走している荷馬車の扉から飛び立っていった。

フフンを見送った金髪勇者は、改めて荷馬車の中を見回した。

「こちらは、ヴァランタインが本調子ではないからな……フフンからの情報が手に入るまでは、ヤツらの動きを監視するにとどめておくか」

ヴァランタインは、そんな金髪勇者に微笑むと、

「何をおっしゃいますのぉ？　このヴァランタイン、もうすっかり回復してますわよぉ」

そう言いながら、金髪勇者へ両手を差し出す。

だが、そんなヴァランタインに金髪勇者は、

「お前、以前自分で言っていたではないか。魔力を補充した後は十分な休養が必要だと。私は、大切な仲間に無理はさせぬ」

そう言うと、ヴァランタインの頭を無理矢理自分の膝の上にのせ、荷馬車の中で横にさせた。

「あ、あのぉ、き、金髪勇者様ぁ……ちょ、ちょっと恥ずかしいのですけどぉ……」

頬を真っ赤にしながらも、されるがままのヴァランタイン。

そんなヴァランタインの頭を、金髪勇者は優しく撫《な》でていく。

「いいか、我らはいつか死ぬ……だがな」

金髪勇者は、ヴァランタインの顔をのぞき込むと、

「私より先に死ぬことだけは絶対に許さんからな……心しておけ」

そう言うと、ヴァランタインの額にデコピンをかまし、そして、再び優しくその頭を撫でた。

ヴァランタインは、そんな金髪勇者の言葉に、最初きょとんとし、そして、嬉しそうに微笑んだ。

「……かしこまりましたぁ」

そう言うと、目を閉じ、金髪勇者の膝に頭を預けた。

そんな金髪勇者を、ツーヤ・リリアンジュ・ガッポリウーハーの三人が羨望の眼差《まなざ》しで見つめていた。

「金髪勇者様ぁ、私達の事をそんなに思ってくださっていたのですねぇ」

「このリリアンジュ、金髪勇者様への忠誠を更に強くいたしました」

「ってかさぁ、アタシもヴァランタイン様の位置で聞きたかったですねぇ」

そんな会話を口にしている一同。

そんな車内に、アルンキーツの声が響いた。

『……お取り込み中申し訳ないであります。後方より敵の追っ手であります』

「……来たか」

窓から顔を出す金髪勇者。

その後方からツーヤ達ものぞき込んでいく。

「うむ……あの魔族魔獣達か」

「そうですねぇ、紫と青と赤の三体ですねぇ」

ツーヤの言葉に頷く金髪勇者。

（……ヴァランタインには無理をさせないとして……近接戦闘が行えるのは私とリリアンジュのみ、か……さてどうしたものか……）

金髪勇者は、内心で舌打ちした。

……その時、反対側の扉が開かれた。

そこから、予備の服を身につけたデミが身を乗り出す。

「金髪勇者さん……貴方達はこのまま逃げてください。この場は私達ウルゴファミリーが引き受けます」

そう言うと、軽い身のこなしで荷馬車の外へ飛び出した。

その後方に、豪腕族ゲンブーシン・ゴーレムのローゼンローレル・綿毛花族の剣士ロッセリナが続く。

「金髪勇者よ、仲間思いの貴様、嫌いじゃないゾイ」

「色々と誤解してたみたいだね。あとで背骨がへし折れるくらい抱きしめてやるわ」

「いいものを見させていただきましたふわわ～」

そんな言葉を残しながら、外へ降り立つ面々。


走り去っていく荷馬車。

それを追い、三体の魔族魔獣が駆け寄ってくる。

その眼前に、ウルゴファミリーの面々が立ちはだかっていた。

「報恩と報復……我がウルゴファミリーにおいて絶対とされる二箇条です」

デミは、大鎌を振り回しながら、迫ってくる三匹の魔族魔獣へ向かって駆け出す。

「さっきはよくもやってくれましたね！　絶対に許さないんだからぁ！」

デミの後方からゲンブーシンが飛び上がり、巨大化させた両腕を紫の魔族魔獣に叩きつけていく。

「不本意ながら、金髪勇者に助けられた……その恩に報いる」

ゲンブーシンの拳をくらい、体勢を崩した紫の魔族魔獣。

その横をすり抜けようとする赤い魔族魔獣。

そこに、ローゼンローレルが立ちはだかり、真正面から受け止める。

「そして……お嬢が受けた辱め……きっちり利子をつけてお返しするわよ！」

がっぷり四つの体勢になった赤い魔族魔獣とローゼンローレル。

その後方から走ってきた青い魔獣が、赤い魔獣の肩に飛び乗り、宙を舞う。

そのままこの場を離脱し、金髪勇者を追いかけようとしているのは間違いない。

すると、その眼前にまるで風に吹かれるかのように空中を漂いながら現れたロッセリナが、手にした剣を一閃《いっせん》した。

「今のウルゴファミリーは四人しかいないけど、みんな一騎当千ふわわ～」

その剣をくらった青い魔獣は大きく後方へはじけ飛ぶ。

そこに、大鎌を大上段に構えたデミが躍りかかり、青い魔獣を一閃した。

その鎌の直撃を脳天に食らった青い魔獣は、そのまま地面に倒れ込んでいく。

完全に意識を失った青い魔族魔獣。

すると、その姿が小さくなっていき、やがて青い髪の少女へと変化した。

「この女の子……確か、あの部屋にいた子ですね……」

それを横目で確認したデミは、裸の女の子の体の上にマントをかけてやった。

「さて……次は誰ですか？　ここは絶対に通しませんよ」

デミは、改めて大鎌を大上段に構えた。

◇数刻後◇

疾走を続けるアルンキーツの中で、金髪勇者は腕組みしたまま考え込んでいた。

その膝の上では、ヴァランタインが深い眠りについていた。

強がってはいたものの、完全に回復するにはまだ時間が必要なのは一目瞭然だった。

コンコン
金髪勇者が考え込んでいると、疾走を続けている荷馬車の扉を、誰かがノックした。

近くにいたリリアンジュが窓からのぞいてみると、そこには飛翔《ひしょう》しているフフンの姿があった。

「フフン様?」

リリアンジュが慌ててドアを開けると、荷馬車の中へ入ってきた。

「フフンよ、ずいぶん早かったが……何かわかったのか?」

ヴァランタインが起きないように気をつけながら、身を乗り出す金髪勇者。

そんな金髪勇者に、フフンは右手の人差し指で伊達眼鏡をクイッと押し上げた。

「はい、ザンジバル様より興味深い情報を入手いたしました……」

そう言いながら、一枚の紙を金髪勇者へ差し出した。

そこには、古代遺跡のレリーフらしきものが描かれていた。

「それはあの部屋にいたアンカーという男が崇《あが》めているという、暗黒神リリアの伝承遺跡の一つなのですが、その伝承によりますと、

『リリアの子孫たる合成魔獣達が各地で暴走を繰り返した際、その魂を地下深くへ封印した……そ

の封印に使用されたのが、伝説級アイテムであるドリルブルドーザースコップである』……と……」

右手の人差し指で伊達眼鏡をクイッと押し上げるフフン。

「そして、魔族と魔獣を合成し合成魔獣を生み出す禁忌の呪法が、暗黒神リリアの魔法の一つ『異種合成魔法』とされているのですが、この暗黒神リリアの魔法を使用出来るのは、暗黒神リリアの血を引く者だけとされており、その者は銀色の髪をしていると……」

フフンの言葉を腕組みして聞いていた金髪勇者は、小さく頷いた。

「なるほど……その伝承が確かであれば、あの魔獣達と、合成魔法の使い手と思われる銀髪の女がドリルブルドーザースコップを警戒する理由はわかった……」

……その時。

不意に、荷馬車が大きく揺れた。

「どうした!?　アルンキーツ!?」

金髪勇者が声をあげた。

その声に呼応して、車内にアルンキーツの声が響く。

『奴《やつ》らであります。不覚にも上に張り付かれたであります』

「奴ら?……しかし、あの三体は、ウルゴファミリーとやらが足止めをしているはずでは……」

『いえ、あの三体ではないであります。あの部屋にいたもう一人……』

「……タブリスとかいう銀髪の、合成魔法の使い手か……」

金髪勇者が言い終わるのと同時に、荷馬車の屋根が破壊され、タブリスが中をのぞき込んできた。

「やっと追いついたわ……ドリルブルドーザースコップの使役主……」

タブリスは金髪勇者を凝視しながら、その体を魔獣化させていく。

その手には、デミの大鎌が握られていた。

「……キサマ、ウルゴファミリーをどうした!?」

金髪勇者が怒声をあげる。

しかし、銀色の魔獣と化したタブリスは、ただ咆哮をあげながらその鎌を金髪勇者にむかって振り下ろしていった。

『させないであります！』

アルンキーツは、タブリスが乗っている荷馬車の屋根部分だけを切り離した。

そのため、魔獣化したタブリスの体は屋根ごと後方へ放り出されていく。

屋根がなくなりながらも、疾走を続けるアルンキーツ。

その中で、リリアンジュが範囲検索魔法を展開していく。

「……まずいですね、魔族魔獣達が、周囲から接近していきます……その数三」

リリアンジュの言葉に、金髪勇者は眉間にシワを寄せた。

「……さっきのタブリスが一として……ウルゴファミリーはどうにか一匹は足止め出来ているということは――」

(……無事でいろよ)

金髪勇者は、魔法袋から取り出したドリルブルドーザースコップを手にすると、

「情報も入手出来たし反撃するぞ！　接近している魔獣達を捕縛し、ウルゴファミリーの加勢に向かう」

「「はい！」」

金髪勇者の言葉に、車内の皆が返事をする。

『……きたであります！』

アルンキーツの緊張した声が車内に響く。

それを受け、金髪勇者がドリルブルドーザースコップを手に立ち上がった。

金髪勇者は、後方のツーヤとガッポリウーハーへ視線を向ける。

「ツーヤとガッポリウーハーよ、お前達はヴァランタインを頼む」

その言葉に、ガッポリウーハーは苦笑しながら、

「出来ることはやりますけどさぁ、金髪勇者様もご存じでしょ？　アタシは屋敷に変化出来る以外は、ふつ～～～の人族よりか弱い魔人ですからねぇ……でもまぁ、ご期待された分は頑張りますけどさ」

大げさな手振りで肩をすくめてみせた。

「大丈夫ですよガッポリウーハー様～。このツーヤがガッポリウーハー様の分まで頑張りますから～」

その横で、力こぶをつくるツーヤ。

もっとも、力を込めているにもかかわらずその腕は少しも大きくなっていないのだが……。

金髪勇者は、そんな二人を交互に見回した。

「無理をすることはない。頼んだぞ」

そう言うと、荷馬車の壁の上へと上がり、その上に仁王立ちになる金髪勇者。

その視線の先、荷馬車の前方から、不意に二体の魔族魔獣が飛び出してきた。

紫と赤の魔族魔獣が、左右から金髪勇者に向かって襲いかかる。

「ぬぉ!?」

金髪勇者は左から来た紫の魔族魔獣にドリルブルドーザースコップを振るった。

その隙をつくかのように、右から赤い魔族魔獣が金髪勇者に迫る。

ドリルブルドーザースコップを振るう金髪勇者の、がら空きになっている脇腹へ向かって腕を振った。

「そうはさせません!」

そこに、飛び出したフフンが両腕に、魔法盾《マジックシールド》を展開させながら赤い魔獣の前に立ちふさがる。

ガキィ!!

鈍い音と共に、赤い魔族魔獣の爪がフフンの盾に激突する。

「ふん、これくらい!」

ふんばり、赤い魔族魔獣の突進を押しとどめるフフン。

「せぃ!」

そこに、両腕の肘から先を刀身化させたリリアンジュが躍りかかり、両腕の刀を交互に振るっていく。

その連撃を、後方に大きくのけぞって紙一重でかわした赤い魔族魔獣は、一度後方に飛び退き体勢を整えようとする。

そこに、

「え～い！」

一呼吸遅れたタイミングで、荷馬車の中から顔を出したツーヤが、魔法袋から取り出した大きな木箱を放り投げていく。

不意をつかれた赤い魔族魔獣は、思わず体勢を崩した。

「……このチャンス、逃しません！」

フフンは、サキュバスの羽根を羽ばたかせて宙に舞うと、体勢を崩している赤い魔族魔獣に向かって右足の蹴りを叩きこんだ。

GUOOOOOOOOOOOOOOOOO
直撃をくらい、大きく体をのけぞらせる赤い魔族魔獣。

「気絶させれば魔族の姿に戻りますので、気絶してもらいます。申し訳ありませんが、少々我慢してくださいませ」

着地し、右手の人差し指で伊達眼鏡をクイッと押し上げるフフン。

しかし、近くの木へ向かって跳躍した赤い魔族魔獣は、その木を足場にして再度跳躍すると、紫の魔獣と対峙している金髪勇者へ襲いかかっていく。

金髪勇者は、ドリルブルドーザースコップで紫の魔族魔獣を威嚇すると、

「降りるぞ！　アルンキーツの中で戦っていてはまずい！」

荷馬車から飛び降りる金髪勇者。

その言葉に、リリアンジュが続く。

「アルンキーツ！　そのまま北へ向かえ！　もうすぐクライロード領を抜けるはずだ」

『了解したであります！』

金髪勇者の言葉を受けて、アルンキーツの荷馬車は速度をあげた。

すでに降りているフフンを含めた三人を残し、アルンキーツは森の奥へと走り去っていく。

魔族魔獣達は、荷馬車を追おうともせず、金髪勇者を取り囲んでいく。

その二人に対し、ドリルブルドーザースコップを交互に向ける金髪勇者。

（……く、くそう……なんとか隙を見つけて、落とし穴を……）

その時、

「金髪勇者様、後ろ！」

リリアンジュの声が響いた。

その声に呼応した金髪勇者は、即座にその場で前転する。

その一瞬後、先ほどまで金髪勇者が立っていた場所に、後方から駆け寄って来たタブリスが、魔獣化している両手の爪をたたき込み地面をえぐりとっていった。

もし、金髪勇者がそのままそこに立っていたら、タブリスの爪によって……。

「金髪勇者様、お怪我は!?」

「大事ない。それよりも、助かったぞリリアンジュ」

態勢を整えながら立ち上がる金髪勇者。

リリアンジュがその横に立ち、魔族魔獣達に向かって両腕の刀を向ける。

タブリスは地面をえぐった姿勢のまま、その顔を金髪勇者に向けた。

「……今のでとどめをさされていれば、楽に死ねたのに」

その口元に、不敵な笑みを浮かべながら立ち上がっていく。

すると、その後方から羽の生えた白い魔獣達が無数に出現し、金髪勇者の周囲へ殺到していく。

魔獣化したタブリス・赤と紫の魔族魔獣、そして無数の白い魔獣に周囲を覆い尽くされた金髪勇者・リリアンジュ・フフン。

三人は背を合わせながら身動き出来なくなっていた。

(……いかんな……あの白い魔獣共め、私の落とし穴で退治されたのを学習しているのか、空を飛んだまま地面の上に降りようとしないではないか……)

金髪勇者の額には、無数の汗が伝っていた。

◇◇◇

その頃、アルンキーツの荷馬車は森の中を疾走し続けていた。

「今すぐ引き返しなさぁい、アルンキーツぅ！」

目を覚ましたヴァランタインは、その床を何度も蹴りつけながら、声を張り上げていた。

まだ回復しきっていないためか体に力が入っておらず、蹴りを入れる度にふらついている。

そんなヴァランタインをガッポリウーハーとツーヤが、左右から抱えていた。

「ヴァランタインの姉さん、そりゃ無理ってもんだ……まだ回復しきってないのに戻ったら、金髪勇者様の足手まといにしかならないってば」

そう言い、座席に横になるよう促すガッポリウーハー。

しかし、ヴァランタインは激しく顔を左右に振ると、

「いやいやいやいやいや！　あの魔獣達は万全の時の私ほどじゃないけど本当に強いのよぉ……特に、あのタブリスって奴はぁ、私がお助けにいかないと、金髪勇者様が危険なのよぉ……」

必死に訴えるヴァランタイン。

しかし、ガッポリウーハーとツーヤは、ヴァランタインを離そうとしない。

「離しなさぁい、ツーヤ様、それにガッポリウーハー！」

ヴァランタインは、そう言いながら、ガッポリウーハーが摑《つか》んでいる腕を引き抜こうとする。

「ダメですぅ。離しません！　万全じゃない仲間を送り出すなんて～。そもそも、私とガッポリウーハー様すら振りほどけないじゃないですか～」

ツーヤの言葉に、その場にへたり込むヴァランタイン。

「誰かぁ……私の代わりに金髪勇者様のお力になってよぉ……お願いだからぁ……」

ヴァランタインは天を仰ぎ、助けを請う。

その頭上に、ヌッと人影が現れた。

「……なんかよ、人族領に近い森の中が騒がしいって報告があったんで様子見に来てみたんだがよ」

その人影を確認したヴァランタインは、満面の笑みを浮かべた。

「そっかぁ、それで金髪勇者様は北に向かえと言われたのねぇ」

◇◇◇

「ちぃ！」

金髪勇者は、タブリスの攻撃を左足にくらいその場に倒れ込んだ。

「大丈夫ですか、金髪勇者様」

その横で、赤い魔族魔獣とやりあっているフフンが声をあげた。

金髪勇者は、フフンに、

「こっちは気にするな、問題無い」

そう言いながら立ち上がり、再度ドリルブルドーザースコップを構える。

ドリルブルドーザースコップを向けられた白い魔獣達はひるんだかのように後退したのだが、今度は左右から金髪勇者に襲いかかってくる。

さらに、金髪勇者の足に一撃を与えたタブリスと、紫の魔族魔獣がドリルブルドーザースコップを避けながら、金髪勇者へとにじり寄っていた。

リリアンジュとフフンは、白い魔獣達の猛攻を防ぐので手一杯で、金髪勇者の援護に駆けつけることが出来ない。

肩で息をしながら、ドリルブルドーザースコップを構え直す金髪勇者。

金髪勇者が地面を掘ろうとすると、魔獣達は一斉に空中に浮かぶため、落とし穴が効果を成さない。

下手に落とし穴を掘ってしまうと、フフンとリリアンジュの邪魔になってしまうため、金髪勇者は思うように戦えずにいた。

(……このままでは全滅してしまう、なんとか私が隙をつくって、フフンとリリアンジュを逃がさねば……)

そう考えた金髪勇者は、その口元に笑みを浮かべた。

(……不思議なものだな……かつては部下の騎士達を平気で犠牲にし、自分が逃げることしか考えていなかったこの私が、こんな事を考えているとは……)

そんな金髪勇者に、魔獣化しているタブリスが近づいていく。

「絶望して笑いたくなったのかな? でも、ただの人族にしてはよく頑張ったと思うよ……褒めてあげるね」

タブリスは、そう言いながら、徐々に金髪勇者達との距離を縮める。

「大丈夫、君たちも合成魔獣の素体として使ってあげる。上手《うま》くいけば僕達の仲間になれるから」

そう言いながら、その右手を差し出すタブリス。

その顔には、勝ち誇った笑みが浮かんでいた。

金髪勇者はその顔をみつめながら、笑みを浮かべていく。

「すまないな。私には貴様らの仲間になる暇はないんだよ……余所《よそ》をあたってくれ」

再度ドリルブルドーザースコップを構え直し、タブリスに対峙する金髪勇者。


……その時だった。


「おいおい兄弟、それじゃあ俺の飲みの誘いも受ける暇はないってのか？」

そう言いながら巨漢の男が宙から舞い降り、金髪勇者とタブリスの間に、巨大な地響きとともに着地した。

金髪勇者は、その人物を見つめながらニカッと微笑んだ。

「馬鹿を言うな。この私がお前の誘いを断る理由などあるはずがないだろう？　なぁドクソン」

金髪勇者の言葉に、その男——魔王ドクソンもまたニカっと微笑み返した。

「だいたいの事はヴァランタインから聞いたぜ。さぁ、反撃といこう」

ドクソンはそう言いながら、準備運動とばかりにその腕を振り回していく。

突然出現した魔王ドクソンを前にして、タブリスは思わず後ずさった。

「な……なんで魔王がこんなとこに……人族との休戦協定をぶち壊す気かい？」

「あ、何言ってやがる？　ここは人族領に近くはあるが、れっきとした魔族領だぞ？」

魔王ドクソンの言葉に、ハッとなるタブリス。

「……そうか……この者達を追いかけているうちに、人族領を抜けていたのか……」

魔王ドクソンの参戦で、戦況は一変した。

「どらぁあああああああ」

魔王ドクソンが腕を振るう度に、白い魔獣達がまとめてはね飛ばされていく。

それでも、白い魔獣達は数に物を言わせてドクソンに殺到する。

それをドクソンは、まるで虫でも払いのけるかのように、軽々とはね飛ばしていた。

その光景を前にして、タブリスは舌打ちしていた。

「……困ったな……いくら量産型のストックが多いとはいえ……さすがにそろそろ……」

タブリスは、魔王ドクソンの後方で息を整えている金髪勇者へ視線を向けた。

「あの金髪の男一人を狙って……あの伝説級アイテムであるドリルブルドーザースコップの使い手を殺せば、暗黒神リリア様最大の脅威が消え去るから」

タブリスの言葉を受け、紫と青の魔族魔獣と白い魔獣達はターゲットを金髪勇者に変更する。

タブリス自身もまた、金髪勇者へ向かって疾走する。

地を這《は》うようにして金髪勇者に肉薄するタブリス。

赤と紫の魔族魔獣は宙を舞い、それぞれ違う方向から金髪勇者へ迫る。

さらにその後方から白い魔獣達が殺到してくる。

「貴様ら……なめるなよ、私は金髪勇者だ！」

周囲を囲まれた金髪勇者は、ドリルブルドーザースコップを地面に突き刺すとすさまじい勢いで地面を掘り始めた。

タブリスが跳躍する。

すると、金髪勇者は掘りおこした土を空中のタブリスに向かって叩きつけていく。

「一つ覚えの落とし穴？……でも、もうバレバレだよ」

「……え……えぇ!?」

予想していなかった攻撃を受け、地面に落下するタブリス。

同様に、金髪勇者が放った土石の直撃を受けた紫と赤の魔族魔獣、白い魔獣達が次々に地面に落下していく。

隙を晒《さら》した赤い魔族魔獣にフフンが飛びかかる。

「くらいなさい！」

赤い魔族魔獣の脳天に、大きく振り上げた右足を踵《かかと》から叩きつけていく。

ＧＯＡＡＡＡＡＡＡＡＡＡＡＡＡＡＡ
あまりの衝撃に、絶叫とともに倒れ込んでいく赤の魔族魔獣。

「ひどいよ……土で汚すなんて……」

頭を振りながら立ち上がるタブリス。

その視線の先に、魔王ドクソンの姿があった。

白い魔獣を叩き潰し続けている魔王ドクソンはタブリスに気付いておらず、タブリスに背を向けている。

そこに、

「……お前のせいだ……お前のような不協和音が出しゃばってこなければ……」

手の爪を伸ばしたタブリスが、魔王ドクソンの背に向かって襲いかかっていく。

そこに、

「させん！」

金髪勇者がドリルブルドーザースコップを放り投げる。

「また泥……」

タブリスは、空中で体をひねり間一髪でそれをかわす。

しかし、空中でバランスを崩したタブリスは魔王ドクソンに攻撃する機を逸していた。

ドリルブルドーザースコップを手放したため丸腰となった金髪勇者。

そこに、紫の魔族魔獣が襲いかかっていく。

「ちぃ!?」

必死の形相で、その攻撃を避けようとする金髪勇者。

しかし、一瞬早く紫の魔族魔獣の鋭利な爪が、金髪勇者の肩に突き刺さった。

「き、兄弟！」

魔王ドクソンが慌てて駆け寄ろうとする。

しかし、そこに白い魔獣達が続々と襲いかかっていく。

「えぇい、こざかしい！　どかねぇか！」

腕を振るい、白い魔獣を叩き落としていく魔王ドクソン。

力の差は歴然であり白い魔獣達は一撃で叩き落とされていくのだが、次々に襲いかかってくるため完全に足止めされていた。

フフンとリリアンジュも、他の魔族魔獣と対峙しているため身動きがとれない。

金髪勇者は、紫の魔獣をにらみつけ、肩に食い込んでいる爪を握りしめていた。

「えぇい、こざかしい！」

金髪勇者は力を振り絞り紫の魔族魔獣の腹部を蹴り飛ばす。

しかし、紫の魔族魔獣はビクともしない。

金髪勇者の肩から鮮血が流れだし、苦痛で表情が歪《ゆが》む。

ドゴーン！

紫の魔族魔獣の側面で爆発音が響いた。

その衝撃で紫の魔族魔獣が吹き飛ぶ。

金髪勇者の肩から爪が抜け、鮮血がほとばしる。

そんな金髪勇者の眼前に、森の中から疾走してきたアルンキーツが立ちはだかった。

魔砲戦車形態に変化しているアルンキーツ。

先ほどの一撃は、アルンキーツが放ったものであった。

『さぁ、このアルンキーツが来たからには、金髪勇者殿には指一本触れさせないであります！』

同時に、砲弾を撃ちまくるアルンキーツ。

その上部にある扉が開き、ツーヤとガッポリウーハー、ヴァランタインが駆けだしてくる。

「き、金髪勇者様ぁ！　だ、大丈夫ですかぁ！」

金髪勇者の下に駆け寄ったツーヤは、魔法袋から取り出した包帯を金髪勇者の肩に巻き付けていく……のだが、慌てているためか巻き方がグチャグチャになってしまい、金髪勇者の上半身をグルグル巻きにしていく。

「つ、ツーヤよ……少し落ち着け」

「あわわ!?　す、すみません～!?　で、でもでもぉ」

ワタワタしながら、手をとめようとするものの、何故かさらに包帯を巻いてしまっているツーヤ。

その結果、金髪勇者はまるでミイラ魔獣のような格好になっていた。

そんな金髪勇者を背に守りながら、アルンキーツは砲弾を撃ち続ける。

その横ではヴァランタインが邪の糸を発し、白い魔獣達を捕縛し続けている。

ガッポリウーハーはそんな皆を、アルンキーツの背に隠れながら応援していた。

（……アルンキーツ達が戻って来てくれたとはいえ、白い魔獣の数があまりにも多すぎる……皆を救うにはどうすればいい……どうすれば）

金髪勇者が、包帯でグルグル巻きのままなんとか立ち上がろうとした……その時だった。

〝金髪勇者……〟

金髪勇者の脳内に声が響いた。

「うむ……誰だ？」

〝私です。あなたの相棒です……〟

「相棒？」

〝そうです……仲間達を助けたいのでしょう？　なら、私と融合するのです……〟

「ちょ、ちょっと待て、融合だと？」

慌てながら周囲を見回す金髪勇者。

その目に、ある物が飛び込んできた。

金髪勇者の前方の壁際——そこに、先ほど魔王ドクソンを助けるために金髪勇者が放り投げたドリルブルドーザースコップが転がっていたのだが、それが金色に輝いていたのである。

「……そうか、相棒……お前か……」

右手を伸ばす金髪勇者。

それに呼応するかのように、ドリルブルドーザースコップが宙を舞い、金髪勇者の手に戻っていく。

すると、ドリルブルドーザースコップを握った金髪勇者の体までもが輝き始める。

そして……金髪勇者は巨大なドリルブルドーザースコップの姿に変化した。

「え？」

「えぇ!?」

「はい!?」

『なんでありますかぁ!?』

マントを羽織り、地面に突き立っているドリルブルドーザースコップを見つめながら、素っ頓狂な声をあげるツーヤ達。

光り輝いているドリルブルドーザースコップを前にして、魔獣達は一斉に後退しはじめる。

魔獣化しているタブリスは、眉間にシワを寄せながらドリルブルドーザースコップを凝視していた。

「……こんなの許さない……暗黒神リリアを封印した伝説級アイテムのドリルブルドーザースコップが真の力を解放するなんて……」

……周囲の皆の視線の前……

『……お、おい、我が相棒ドリルブルドーザースコップよ』

『はい、なんでしょう？』

『この姿になったのはいいが……どうやって攻撃すればいいのだ？』

『……』

『おい？』

『……』

『ちょ、ちょっと待て！　取り扱い説明はとても大事だと思うぞ、おい！』

ドリルブルドーザースコップから、そんな会話が漏れ聞こえてくる。

それを聞いたタブリスは、その顔に微笑を湛《たた》えた。

「……いいね、その絶望の調べ……今なら、不協和音でしかない君達を破壊して、歓喜の調べを奏でることが出来そうだよ」

両手の爪を伸ばし、ドリルブルドーザースコップに向かって駆け寄っていくタブリス。

……その時だった。

「つまり、そいつを使って攻撃すればいいんだろ！」

白い魔獣が後退したため、手が空いた魔王ドクソンが、自らの体を魔獣化させながらドリルブルドーザースコップへ向かって駆け出した。

「……邪魔しないで……君、雑音でしかない」

「うるせぇ！　俺ぁ、音楽なんざ大嫌いなんだよ！」

タブリスより早くドリルブルドーザースコップを手にする魔王ドクソン。

タブリスは、ドクソンめがけて宙に舞い上がった。

その後方から、赤と紫の魔獣も飛び上がっていく。

「うらああああああああああああああああ！　いくぜ兄弟！」

『頼むぞドクソン！』

金髪勇者が融合しているドリルブルドーザースコップをフルスイングする魔王ドクソン。

ドゴォ！

その直撃を食らったタブリスは、弾《はじ》き飛ばされていく。

「リリアンジュにフフンよ、しゃがめ！」

そう言うと、ドリルブルドーザースコップを横薙《な》ぎにする。

フフンとリリアンジュと対峙していた赤と紫の魔族魔獣は、しゃがんだ二人の頭上をかすめて吹き飛んでいく。

宙を舞う二体は魔族魔獣化が解け、魔獣と魔族の子供が分離した状態で地面の上に転がった。

タブリスは、その光景を見つめながら呆然《ぼうぜん》としていた。

「……暗黒神リリアの融合魔法を無効化するなんて……ドリルブルドーザースコップ……また僕達を滅するの……」

地面に転がっているタブリス。

先ほど、ドリルブルドーザースコップで殴打されたタブリスの体が光り輝いており、徐々にその影が薄くなっていた。

その目を閉じると同時に、その体は跡形もなく消えていった。

魔獣達を指揮していたタブリスが消滅したことで、残っていた白い魔獣達は動揺した様子で周囲を見回している。

「おらおらおら！　てめぇら全員成敗してやるぜ！」

そんな魔獣達に、ドリルブルドーザースコップを振り下ろしていく魔王ドクソン。

一刻もしないうちに、魔獣達の姿はすべて消え去っていた。

◇その頃・アンカーの本拠地◇

「……終わりね……魔族魔獣・量産型魔獣、暗黒神リリスの融合魔法の使い手タブリス……すべて消滅してしまった」

本拠地の地下にある避難部屋の中。

水晶魔石で状況を見つめていたアンカーは、大きなため息をついた。

「……困りましたね……これでは、闇商会に納品する魔獣達が準備出来ません」

その後方で、ウィンターマンも大きなため息をついた。

二人の額には、脂汗がにじんでいる。

「……代金の一部を受け取っているだけに、ちとまずいな……」

「そうですね……その金もすでに使い切っておりますので、闇商会の二人が黙っていないかと……」

「……今のうちに、逃げますか……」

「そうですね、私達が生き残るにはそれしか手が……」

席を立ち、出口へ向き直る二人。

その視線の先——扉の前に二人の女が立っていた。

背に巨大なそろばんを背負っている女と、体をくねらせながら妙な踊りを踊り続けている女。

ともに、黒を基調としたゴスロリ風衣装を身につけている二人は、冷たい視線をアンカーとウィンターマンへ向けていた。

「あらあら、契約不履行で逃げるおつもりで？　この闇商会取引担当シャンデレラ様も甘くみられたものね」

「そんなの、許さない許さない許さない～♪　ヤンデレナ様が許さない～♪」

アンカー達に歩み寄る二人。

「い、いえ……そんな、逃げるだなんて……」

「り、量産型なら数匹残っている……こ、今回はそれでどうにか……」

抱き合いながらガクガク震えるアンカーとウィンターマン。

そんな二人に歩み寄ると、

「数が全然足りない……契約不履行ね……ギルティ」

そろばんを手に取り、構えるシャンデレナ。

「拷問拷問拷問ね～♪　久々だから楽しみだわ～♪」

その隣では、ヤンデレナが踊りまくりながらケタケタ笑っていた。

◇翌日◇

森の中、小川の近く。

ガッポリウーハーが変化している屋敷の中――金髪勇者一行はその一階にあるリビングに集まっていた。

「フフン達に調べさせたんだが、ヤツらの本拠地はもぬけの殻だったそうだ。地下に隠し部屋があったんだが、そこも空だったらしい」

ソファに座っている魔王ドクソンは、忌々しそうに舌打ちした。

「しかし、だ……誘拐されていた魔族の子供達は保護できたわけだし、今回はそれでよしとすればよいではないか」

そんな魔王ドクソンに、そう言葉をかける金髪勇者。

「まぁ、それもそうだな……」

魔王ドクソンは頷き、金髪勇者へ視線を向ける。

「……ところで兄弟よ」

「なんだ?」

「あのよぉ……いつまでその姿でいるんだ?」

その視線の先にはドリルブルドーザースコップ姿のままの金髪勇者の姿があった。

「……それなんだが……実は私にもよくわからんのだ……」

「わからねぇって……」

「うむ、いくら話しかけてもドリルブルドーザースコップが応じてくれなくて、元の姿に戻る方法がさっぱりわからないのだ……」

ツーヤに抱きかかえられているドリルブルドーザースコップ姿の金髪勇者から、困惑した声が聞こえてくる。

「アタシが邪界の魔法を試してみてもねぇ……全然だめなのよぉ」

ため息をつきながら肩をすくめるヴァランタイン。

「まぁ、でもぉ、元の姿に戻るまで、私がしっかりお守りしますからぁ」

ツーヤは、そう言うとドリルブルドーザースコップを抱きしめた。

スコップのパーツが、ツーヤの豊満な胸の間に挟まれている。

「む、むぅ……」

その感触のせいか、妙な声をあげる金髪勇者。

「あらぁ？　どうかしましたか？　金髪勇者ぁ」

和気藹々《わきあいあい》とした雰囲気が、リビングの中に漂っていた。

第四章 リース、女神になる？

◇数日後・ホウタウの街フリオ宅◇

　この日、フリオは自宅裏にあるフリオ工房、その地下にある広い作業場の中にいた。

「旦那様、これはなんなのですか？」

　フリオの隣に立っているリースは首をひねりながら前方へ視線を向けていた。

　その眼前には、白い糸でグルグル巻きにされている何かが無数に転がっていた。

「うん、これなんだけど、フリース雑貨店の配達に出ていたグレアニール達《たち》が、クライロード魔法国領と魔族領との境あたりで見つけて回収してきたんだ。何かの魔獣の死骸みたいなんだけど」

　近くに転がっている死骸の一つに歩み寄ると、

「何者かに倒されてまだ間もないみたいなんだ……ほら、口から魔力が漏れてる」

　白い魔獣の口元に手を寄せるフリオ。

　すると、フリオの目の前にウインドウが出現した。


『暗黒神リリアの魔法を習得しました』

「暗黒神リリアの魔法？」

ウインドウの文字を見つめながら首をひねるフリオ。

未知の魔法に一度触れただけで、その魔法のすべてを習得することが出来るスキルを所有しているフリオ。

暗黒神リリアの融合魔法を利用して生み出された、白い魔獣の口から漏れ出していた魔力に触れたことでそのスキルが発動し、暗黒神リリアの魔法を習得したのである。

「暗黒神リリアですか?」

「うん……この魔物達って、その魔法で生み出されたらしいんだけど、リース、何か知っているかい?」

フリオの言葉に、腕組みし考えを巡らせるリース。

「そうですねぇ……魔王城の書庫でそれらしい名前が記された物を見たような気がしないでもないのですが……」

そんなリースに、フリオはいつもの飄々《ひょうひょう》とした笑顔を向ける。

「また何か思い出したら教えてくれるかい」

「はい、わかりました……それで、旦那様……これをどうなさるおつもりなのですか?」

「うん、これを使って魔法アイテムを生成出来ないかと思ってるんだ。死骸の中に魔力が残っているみたいだし、色々試してみようと思ってね」

「まぁ、そうなのですね……私は、魔馬の餌にでもなさるのかと思いました」

死骸を見回していたフリオは、ふと何か思い当たったらしく、リースへ視線を向けていく。

「そういえばリース、何か僕に用事があるんじゃなかったっけ？」

「そ、そうなんです……」

フリオの言葉に、表情を曇らせるリース。

しばらくモジモジしていたリースは、おずおずと口を開いた。

「旦那様……あの布なのですが……」

「あの布って……あのインドル国のエストから買ったあの布かい？」

「はい、そうなのです……その布が、なくなってしまったんです」

「……え？」

リースの言葉に一瞬固まるフリオ。

しばらくリースの目を見つめていたフリオは小さく咳払《せきばら》いをした。

「あの、リース……あの布って……確か大型の荷馬車一台分はあったよね……あれがもう全部なくなったのかい？」

「えぇ……生まれて間もないリルナーザやラビッツ、ベラリオに加えて、エリナーザとガリル、リスレイ、フォルミナ、ゴーロ達の服を作っておりましたらあっという間に……」

口元に手を当てながら、うつむいているリース。

「な、ナニーワの街のシルクフリーズの布じゃ……駄目、なのかな？」

「ダメとは申しませんけど……子供達もあの布をとても気に入っておりますので、出来ることなら同じ布がいいかと思っているのですが……」

リースへ視線を向けるフリオ。

その視線の先で、フリオを上目使いに見つめているリース。

その仕草に、フリオは思わずドキッとしてしまっていた。

「えっと……エストには、次はホウタウの街にくるよう伝えておいたけど、次に来るのは二ヶ月後だったっけ……僕はインドル国に行ったことがないから転移魔法が使えないし、ちょっと急ぎでやっていることがあってしばらく手が空きそうにないし……」

そう言いながら、腕組みして考え込むフリオ。

そんなフリオの腕にそっと抱きつくリース。

「旦那様、ワインと一緒に行って来てもよろしいですか？　ワインはインドル国へ行ったことがあると言っていましたし、翼龍《ワイバーン》化したワインでしたらひとっ飛びだと思いますし……」

ギュ！

フリオの腕に抱きつくリース。

その胸が、フリオの腕に押しつけられる。

その感触に、フリオは思わず頬を赤くしていた。

「……そ、そうだね……その代わり気を付けていくんだよ」

「はい！　ありがとうございます旦那様！」

フリオの言葉に、ぱぁっと表情を明るくするリース。

「では、早速準備して出かけてまいりますわ！」

「え……今から？」

「はい！」

そう言うが早いか、準備のために自室へ向かって駆けだして行った。

こう、と思い込むと止まらないリース。

フリオは、その後ろ姿を見送りながら、少し寂しそうな表情を浮かべていた。

（……えっと……明日か、明後日《あさって》なら、どうにかして用事を終わらせて一緒に行けたかもしれないんだけど……）

そんな事を考えながら、目の前にウインドウを展開していく。

そこには、フリオの予定がびっしりと書き込まれていた。

◇しばらく後・フリオ家横◇

フリオ家の横にある空地に、赤い鱗《うろこ》の翼龍《ワイバーン》が着地していた。

翼龍《ワイバーン》に変化したワインである。

平日のため、学校や仕事でフリオ家の面々はほとんど留守にしていたので、見送りに立っているのはフリオとブロッサム、ビレリーの三人だけだった。

「ちょっと予定を調べてみたけど、どうしても今日は一緒にいけそうになくて……」

ワインの横で、フリオは申し訳ないというか、一緒にいけなくて残念といった表情を浮かべていた。

リースは、そんなフリオに笑顔で抱きつき、

「夕飯の準備までには戻りますわ、それまで家の事をよろしくお願いいたしますね」

その頬に軽くキスをする。

「では、行って参ります」

そう言うと、頭を低くしたワインの背に飛び乗ろうとするリース。

「あ、ちょっと待って」

そんなリースを呼び止めるフリオ。

「旦那様、どうかなさいましたか？」

「あの白い魔獣の死骸を使って、早速試してみたんだけど……」

腰につけている魔法袋から、地下室にあった白い魔獣の死骸を取り出したフリオ。

その死骸は、魔法の球の中に封印されている。

左手で支えている魔法の球に右手を乗せ、魔法を詠唱する。

すると、右手の先に魔法陣が展開され、その魔法陣はやがて魔法の球を覆っていく、
魔法陣と魔法の球が融合し複雑に絡み合うと、程なくして、その塊はフリオそっくりな子供の姿になった。

「まぁ！　これは魔人形でございますか？」

「いや、構造的には魔獣に近いんだ。魔人形は一度生みだしたらそのままだけど、この魔獣人形とでもいう存在は、元の素材に戻したり、別の魔獣の姿に変化させることが出来るみたいなんだ」

「まぁ、それなら後の事を心配する必要がございませんね」

リースの言う通り……

魔人形を生成することが出来るフリオなのだが、魔人形は一度生みだしてしまうと元に戻すことが出来ないため、安易に製造しないようにしていたのである。

「そうなんだ。さっき覚えた暗黒神リリアの魔法の一つ、融合魔法っていうやつを使ったら上手《うま》くいったんだ。でね、この子に、僕の代わりにリースに同行してもらおうと思ってさ」

「まぁ、それは寂しくありませんね」

笑顔で魔獣人形の頭を撫《な》でるリース。

すると、そんなリースにワインが頭をすり寄せてきた。

『ママン、ワインもいるから寂しくないの！　ないの！』

そう言いながら頭を左右に振るワイン。

すると、ワインの鱗がひっかかりリースのワンピースがめくれ上がって……

「ちょ!?　ちょっとワイン待って!?　だ、旦那様も、ちょっとあっちを向いててくださいませ!?」

リースは顔を真っ赤にしながら、慌ててスカートを押さえる。

そんなリースの言葉に、フリオは両手で顔を押さえながらそっぽを向く。

その足元で、魔獣人形もフリオの真似《まね》をするかのように顔を両手で覆いながらそっぽを向いていた。

そんなワインに、ブロッサムとビレリーが駆け寄っていく。

「こら、ワイン！　いい加減にしろって！」

「そうですよ〜、早く落ち着いてくださ〜い！」

ワインの顔を叩《たた》きながら声をあげる二人。

そんな一同の前で、ワインはいまだにリースに頬をすり寄せていた。

◇◇◇

しばらくして……

ようやく落ち着いたワインの背に、今度こそしっかりと乗り込んだリース。

リースは魔獣人形を抱きしめながら、フリオ達に手を振る。

チビリオも、その真似をするように右手を振っている。

「では、このチビリオをお預かりいたしましたわ。旅の間、旦那様と思って可愛《かわい》がらせていただきます」

リースは、チビリオと名付けた魔獣人形に頬ずりしながらフリオへ手を振り続けていた。

リースに手を振ったフリオは、その視線をチビリオとワインへ交互に向けた。

「みんな気を付けて。ワインとチビリオ、リースのことをよろしく頼むよ」

そう言いながら、いつもの飄々とした笑顔で見送るフリオ。

その視線の先で、チビリオとワインは、同時に頷《うなず》いた。

「では旦那様、行って参ります」

リースの言葉を合図に、ワインは大きく羽根を羽ばたかせる。

その巨体があっという間に空高く舞い上がり、そのまま西に向かって飛行していった。

「うわ!?　あ、相変わらず速いなぁ」

「ほんと～、一瞬で見えなくなっちゃいましたぁ」

ワインのあまりの速さに、思わず目を丸くするブロッサムとビレリー。

そんな二人の横で、フリオは手を振り続けながら、ワインが飛び去った方向を見つめ続けていた。

「……よし、じゃあ僕も頑張って用事を早く終わらせないと」

そう言うと、フリオは工房へ足を向けた。

移動しながら、意識を集中させるフリオ。

すると、脳内に、チビリオの周囲の様子が映し出されていく。

(……融合魔法の説明ウインドウにあった機能だけど、上手く発動したみたいだ)

魔獣人形のチビリオと意識を同調《シンクロ》させることで、フリオはチビリオの周囲の様子を脳内で確認することが出来るようになっていたのである。

(……これでリースに万が一ってことがあっても急いで駆けつけることが出来るな……)

そう考えたフリオは、思わず苦笑いを浮かべていく。

(……よく考えたら、リースに限って万が一なんて……)

ムニュ

そう考えたところで、フリオは後頭部に妙な感触を覚えた。

「あ……あれ、なんだこれ？」

不思議に思い、思わず後ろを振り向くフリオ。

当然、フリオ自身の後方には何もないのだが……

フリオの脳内に映し出されているチビリオの画像には、リースの胸が大写しになっていた。

◇同時刻・ワインの背◇

大空をすさまじい速さで飛行しているワイン。

その背に座っているリースは、チビリオを片手で抱きしめながら、もう一方の手で頭を優しく撫で続けていた。

「あん、もう。振り向いちゃ駄目ですよチビリオ」

くすぐったそうに笑みを浮かべながら、リースは自らの胸の方へ顔を向けてきたチビリオに前を向かせる。

「チビリオ、あなたをお作りになった私の旦那様はね、本当に素敵な方なのですよ……いつも私を愛してくださって、大事にしてくださるのです。この間も綺麗《きれい》な魔石を見つけたからと、それを髪飾りに仕込んでくださってですね……」

リースはミニリオに、延々とフリオへの思いを語っていた。

◇同時刻・フリオ工房前◇

工房の前まで移動してきたフリオ。

その頬は赤く染まっていた。

（……リース……僕の事をそんなに思っていてくれるのは嬉《うれ》しいけど、なんだか少し恥ずかしいな……）

チビリオを通じて、リースの囁《ささや》きを聞いているフリオは、照れくさそうに笑いながら工房へ向かって足早に移動していった。

（……少しでも早く用事を終わらせて、リースに合流しなきゃ）

◇その頃・ホウタウ魔法学校◇

フリオがリースを見送った頃……

ガリル・エリナーザ・リスレイの三人はホウタウ魔法学校へ行っていた。


チャイムが授業の終わりを告げた。

すると、

「さぁ、行くわ！」

「私も！」

「あ！　抜け駆けは駄目よ！」

クラスの女子達が一斉に立ち上がり、廊下へ駆けだしていく。

その手には、小さな四角い物体が握られている。


先日、フリーズ雑貨店で販売がはじまった、小型水晶撮影機『撮れるんです』。

通常であれば、どんなに小さくても手のひらにのるサイズの小型水晶撮影機。

さらに、前方の画像を撮影するための魔力を伝導するために丸い形状でないといけないなどの制約があった。

しかし、フリオは、ヒヤ・ダマリナッセ・マホリオンの三人と一緒に研究を重ね、魔石を精錬した時に出る魔石屑《くず》を圧縮融合させ、親指程度の大きさにまで縮小することに成功した。

その魔石を手のひらサイズの箱の中にセットし、のぞき穴をのぞきながら撮影ボタンを押すだけで前方の風景を撮影出来る機械を開発・量産し、販売していた。

しかも魔石屑を原材料にしているため、販売価格が安価で、子供達の間でも大人気になっていた。


その撮れるんですを手にしている女の子達は、皆、一つの教室へ向かって駆けていく。

ガラッ

教室の扉が開かれる。

すると、女の子達は一斉に、

「「「ガリルく～ん！　一緒に撮影してくださ～い！」」」

声をあげながら、窓際の席に座っているガリルめがけて駆けていく。

そんな教室の中、ガリルは自分の席に座っていた。

駆け込んで来た女の子達に顔を向けると、右手の人差し指を口にあて、

『静かに！』

と、リアクションをとっていく。

そんなガリルの前で、女の子達は口を押さえながらその場に立ち止まる。

女の子達の視線の先――そこに座っているガリルの頭の上に、一人の女の子がいた。

「むにゃむにゃ……」

ガリルの頭に抱きついたまま時折寝言を口にしている女の子。

ガリルはその女の子を起こさないように気を遣っていた。

そんなガリルの下に、エリナーザが歩み寄る。

「フォルミナってば、結局寝ちゃったのね」

「うん、授業の途中から気持ちよさそうに寝息を立て始めちゃってさ」

苦笑するガリル。

その頭上で寝息をたてているのはフォルミナだった。

そんなフォルミナの様子に、思わず苦笑するエリナーザ。

「せっかく体験入学しに来たっていうのに……これじゃあ意味がないわね」

「まぁ、フォルミナはまだ小さいし、しょうがないよ」

「あら、でもゴーロはちゃんと起きてるわよ」

エリナーザが言ったとおり、エリナーザの視線の先――ガリルの隣の席に座っているゴーロは、椅子にちょこんと座っていた。

そんなゴーロへ視線を向けたガリルは、思わず苦笑した。

「いや、起きてはいるんだけどさ……ゴーロってば、ず～っとフォルミナの事を見ているもんだから……」

「まぁ……じゃあ授業を聞いていないの？」

エリナーザの言葉に、苦笑しながら頷くガリル。

そこに、同じクラスのリスレイが歩み寄ってくる。

「まぁ、ゴーちゃんはフォルちゃんの事が大好きだし、ある意味しょうがないといえばしょうがないよね」

「まぁ、そうなんだけどさ」

ガリルとリスレイは、言葉を交わすと互いに苦笑した。

そんな二人の前で、ゴーロは椅子に座ったまま、ガリルの頭上で眠り続けているフォルミナを見つめ続けていた。

「ところでガリちゃん……その状態で大丈夫なの？　前とか見えないでしょ？」

ガリルの頭上にのっているフォルミナは、手をだらんとさせており、その手がガリルの顔の前を覆っていた。

「ん？　あぁ、大丈夫だよ。前が見にくいときはこうやって髪の毛を……」

ガリルが力を込めると、いつも耳のように上に向いているガリルの髪の毛が、ピンと立った。

その髪の間に挟まれたフォルミナの体が持ち上げられ、その手がガリルの顔の前から離れた。

すると……

フォルミナの手が邪魔で、ガリルの顔を撮影することが出来ずにいた女の子達が、一斉に撮れるんですのボタンを押し、撮影しはじめた。

その光景に、作り笑いを向けるガリル。

（……授業中は、こうやってフォルミナを持ち上げてるんだけど……休み時間はさ、撮影から逃げたくて……）

（……そっか……ごめんね、余計なこと言っちゃって……）

小声でそんな会話を交わすガリルとリスレイ。

そこで、ガリルは髪の力を抜いた。

同時に髪の毛が水平に戻り、フォルミナの体が元に戻っていく。

当然、フォルミナの手も元の位置に戻り、ガリルの顔が再び隠れてしまう。

途端に、周囲の女の子達から
「「「え～……」」」

と、残念そうな声が湧き上がっていく。

その光景に、ガリルは思わず苦笑していた。

「とはいえ、その状態はあまりよろしくないと思うリン」

そこに、クラスメートのサリーナが歩み寄ってきた。

腕組みしたまま、ガリルの頭に抱きついているフォルミナへジト目を向けている。

（……いくらガリル様と一緒に暮らしているからって、ちょっとずうずうし過ぎないリン？っていうか、とっても羨ましいリン！　サリーナも出来ることならガリル様の頭にしがみついて……）

そんな事を考えているサリーナの顔面に、黒猫の人形が押し当てられた。

「むぎゅ……」

顔を押しつぶされた格好になり、思わず変な声を漏らすサリーナ。

その眼前に立ちはだかっている黒いゴシック調の衣装を身につけている女の子――アイリステイルは、人形を顔の近くに戻すと、もう一方の手で持っている赤猫の人形も口元に寄せ、

「サリーナってば」「キモい顔してんじゃねぇぞ、ゴルァ！」

腹話術よろしく、人形の口をパクパクさせていく。

その言葉通り……先ほどまでのサリーナは、ガリルの頭に抱きついている妄想を膨らませすぎたあまり、デレ～っと頬を緩ませていたのであった。

アイリステイルの言葉に、ハッと我に返ったサリーナは表情を引き締めながら口元を拭う。

「う、うるさいリン……と、とにかく、ガリル様が快適に授業を受けるためにも、フォルミナちゃんにはきちんと椅子に座ってもらわないと駄目リン！」

そう言うと、サリーナはフォルミナの腰を両手で摑《つか》み、思い切り引っ張った。

……しかし、ガリルの頭に全身で抱きついているフォルミナはピクリともしない。

「ほら、フォルミナちゃん降りるリン！　ガリル様も授業をちゃんと受けないと駄目リンよ」

「……む～……ここがいいのぉ……」

「そんなこといわないリン！　さぁ、早く離れるリン」

「……む～……や～なのぉ～……」

必死にフォルミナを引っ張り続けているサリーナ。

しかし、フォルミナの体は一向にガリルの頭から離れそうにない。

そんなサリーナとフォルミナの様子を、周囲に集まっている女の子達が固唾を呑《の》んで見つめていた。

（（（……サリーナ……頑張ってフォルミナちゃんを引き剝がして……そうすればガリルくんの写真を撮ることが出来る……）））

なんとか、ガリルの顔を障害物なしで水晶撮影機で撮影しようとスタンバっている女の子達は、心の中で懸命に声援を送り続けていた。

撮れるんですを構え、いつでも撮影出来るように待機しているのは言うまでもない。

その光景を、クスクス笑いながら見ているリスレイ。

その横に、同じクラスのレプターが歩み寄ってきた。

蜥蜴《とかげ》族特有の尻尾を振りながら、リスレイの隣に立つ。

「リスレイの家って、賑《にぎ》やかなんだろうな。ゴーロとフォルミナに加えて、新しく三人子供が生まれたんだろ？」

「うん、そうだよ。リルちゃんと、ラビちゃんと、ベラちゃん。みんなとっても可愛いんだよ」

「そっか……なぁ、今度遊びに行ってもいいか？」

「え？」

「あ、い、いや、別に変な意味じゃないんだ……俺、一人っ子だからさ、子供がたくさんってシチュエーションに憧れててさ」

「あ、あぁ……そういうことか……いきなりパパとママに挨拶に来る気かと……」

「え？　い、今なんて言った？」

「あああ、いえいえいえ、何でもないって、何でも!?」

あたふたしながらリスレイは首を左右に振る。

その顔は耳まで真っ赤になっていた。

一方のレプターもまた、リスレイの言葉が途中まで聞こえていたらしく、口元を押さえながらそっぽを向いている。

並んで立っていながら、互いにそっぽを向き合っている二人。

そんな二人の様子を、近くの自分の席に座っているスノーリトルが、ニマニマしながら見つめていた。

「あらあら、こっちからラブコメの波動を感じるわ。もっとムードを盛り上げてあげないといけませんね」

御伽族《おとぎ》であるスノーリトルは、世界各国の御伽話《おとぎばなし》に登場するキャラクターを人形にして具現化させることが出来る。

スノーリトルが手を広げると、手と手の間に楽器を持った小人の人形が出現した。

出現した合計七体の小人の人形は、手に持っている楽器を奏でながら、レプターとリスレイの足元をスキップしながら回転しはじめる。

「あ、あの、スノーちゃんってば、これ恥ずかしいって」

「そ、そうだって、こんなの早すぎるって」

小人達が奏でている音楽が結婚行進曲であることに気がついたレプターが、顔を真っ赤にしながら人形を手と尻尾を使って捕まえようとしている。

スノーリトルは人形を巧みに操りながら、それから逃れさせる。

そんなスノーリトルは心の中で、

（……お姉ちゃんも、レプターみたいに魔王様のハートを早く射止めてほしいなぁ……）

スノーリトルの姉、スノーホワイトは、魔王ドクソンの嫁候補として妹のスノーリトルとともに引っ越して来た。

スノーホワイトの結婚が決まるまでの間、借家から比較的近くにあったホウタウ魔法学校へ通うことになったスノーリトルなのだが……肝心なスノーホワイトは魔王の嫁の座をかけた料理対決で惨敗し、今は料理教室に通っているのであった。

教室の中は、そんなみんなの楽しげな声で満ちあふれていた。

そんな中、次の授業の開始を告げるチャイムが鳴り、それを合図に、生徒達は皆自分達の教室や席へと戻っていった。

◇数刻後・インドル国◇

リースと、魔獣人形チビリオを乗せたワインは大空を飛翔《ひしょう》し続け、お昼前にはインドル国領内に入っていた。

『あの石の城壁で囲まれているのが、デルリなの！　なの！』

「デルリって、確かインドル国の首都だったわね。あまり近づき過ぎて、城門を守っている兵達を脅かしてもいけないから、ここら辺から歩いていきましょう」

『ママン、わかった！　わかった！』

首を大きく上下させたワインは、羽根を巧みに動かして直進をやめ、そのまままっすぐ下降していく。

砂漠の一角に着地すると、首を低くした。

「じゃあ、ここからは歩いて参りましょうか」

ワインの背を降りたリースは、チビリオを抱っこしたまま砂漠へと降り立った。

すると、ワインは、猫のように両手を投げ出し、お尻を上げながら伸びをしていく。

その体が徐々に小さくなっていき、人の姿へ変化していく。

「ん～！　久々に目一杯飛んだの！　気持ちいい！　気持ちいい！」

素っ裸のまま気持ちよさそうに伸びを続けているワイン。

リースは、腰につけている魔法袋からワインの服を取り出し、

「はい、ワイン。これを着てね」

それをワインに手渡していく。

「うん、わかった！　わかった！」

それを受け取ったワインは、当然のように下着を横に置き、ポンチョ風の衣装を頭から被《かぶ》っていく。

……しかし。

それを予期していたリースは、瞬時にワインの下着を拾いあげると、それをワインの体に装着した。

「うみょ!?　なんか気持ち悪いぃ……気持ち悪いぃ……」

ポンチョ風の衣装を着終わったワインは、下着の感触が気持ち悪いのか、両手で体をもぞもぞと触っている。

そんなワインの様子に、思わず苦笑するリース。

「駄目ですよワイン。いつもタニアにも言われているでしょう?　さ、デルリに入りましょう」

ワインの手を摑み、デルリへ向かって歩き始めるリース。

「ん～でも、気持ち悪いのぉ、気持ち悪いのぉ」

リースに手を引かれながらも、ワインは体をもぞもぞと動かし続けていた。

◇◇◇

石造りの煉瓦《れんが》で作られている城壁で周囲を囲まれているインドル国の首都デルリ。

その城門へたどりついたリースは、

「はいこれ。エスト商会の紹介状です」

エストからもらっていた紹介状を門兵に差し出した。

その内容を確認した白い布状の服を身にまとっている門兵は、

「問題ありません、お入りください」

チビリオを抱っこしているリースとワインを門の中へと案内した。

その途中、リース達と入れ替わるようにして数人の兵士が早足で城門の外に向かっていく。

「おい、丘の向こうにドラゴンらしき物体が着陸したというのは本当か？」

「うむ、見張り台の兵が確かに見たと」

「とにかく確認にいくぞ」

そんな会話を交わしながら、兵達は慌ただしく門の外へ出ていく。

リースは、そんな兵達を肩越しに見つめていた。

（……ひょっとしなくてもワインのことよね……失敗だったわ、もう少し遠くに着地した方がよかったわね）

そんな事を考えながら、門の中へと入っていった。

インドル国の首都デリルの街中へ足を踏み入れた三人。

そこは焼煉瓦で作られた建物が建ち並ぶ都市であり、年中常夏の気候のためか通気性のよい服を身につけ、強い日差しを防ぐために頭からフードを被っている人々が街道を往来していた。

「ふぅ、聞いてはおりましたけど暑いですわね」

腰につけている魔法袋からツバの広い帽子を取り出したリースは、それを被った。

「ん～、暑いけどジメジメしてない！　ジメジメしてない！」

伸びをしながら、嬉しそうな声を上げるワイン。

「ワイン、はぐれちゃ駄目よ」

「わかったママン！」

そう言うと、リースの腕に抱きつくワイン。

満面の笑みを浮かべながら、リースの腕に頰をくっつけていた。

「……もう、ワインったら」

その甘えん坊ぶりに思わず苦笑するリース。

（……そういえば、ワインって家ではお姉ちゃんとして子供達の面倒を一生懸命見てくれているし……たまには甘えさせてあげないと、かわいそうね）

そんな事を考えながら、リースは、

「えっと、以前聞いていたエストのお店がある場所は……」

首を左右に振りながら周囲の様子を見回していく。

すると、チビリオがリースの腕を摑み、城門から延びている街道の一つへと引っ張りはじめた。

「あらあらチビリオ、あなたエストのお店がわかるの？」

リースの言葉に、チビリオはフリオばりの飄々とした笑みを浮かべながらこくりと頷いた。

リースは、その笑顔に嬉しそうに微笑《ほほえ》んだ。

「では、道案内をお願いしますね」

こうして、リースとワインは商店が立ち並んでいる街道へと足を踏み入れていった。

◇インドル国・商店街の中・エスト交易商会◇

「こ、この間借りたお金は全部返したはずですのね！」

見た目は幼女ながらも、すでに百五十歳を軽く超えているハイエルフのルナ。

彼女は、目の前の男達に向かって肩を怒らせながら声を荒らげ続ける。

そんなルナを、黒装束の男達がニヤニヤ笑いながら取り囲んでいた。

「おいおいお嬢ちゃん、寝ぼけてもらっちゃ困るんだがなぁ」

「前回払って貰《もら》ったお金は、利・息・だ・け。元本は残ったままなんだねぇ」

男の一人が一枚の紙を差し出した。

それを見たルナは目を見開いた。

「こ、これ絶対におかしいですのね！　金額の部分が書き換えられてますのね！」

紙に書かれている数字を指さしながら、ルナは男の一人に詰め寄る。

そんなルナを笑いながら押し戻す黒装束の男。

「言いがかりはよして欲しいですねぇ」

「その書類のどこに書き換えた痕跡がありますかぁ？　しかもこれ、魔法借用書ですから書き換え不可能ですよぉ？　エストさんの拇印《ぼいん》もちゃんとありますよぉ？」


魔法借用書とは……

後から書き換える事が出来ないように、内容を記載した後、役場の魔法使いが魔法でその内容を紙に定着させた書類の一つである。

本来、書き換えられた魔法借用書には『書換○○回』という文字が右隅に浮かび上がるはずなのだが、明らかに数字が書き換えられているにもかかわらず、その文字はどこにも浮かび上がっていなかった。


「うぬぬ……」

何度も書類を見直していくルナ。

しかし、書類を書き換えた痕跡はどこにも見当たらない。

ルナは借用書を手にしたまま唸《うな》ることしか出来ずにいた。

そんなルナを男達はニヤニヤ笑いながら取り囲んでいた。

「ほらほら、じゃあ残りのお金、耳を揃《そろ》えて払ってもらいましょか。もし払えないっていうのであれば……」

黒装束の男がそこまで言った時だった。

「ちょっと拝見します」

ルナの後方から近寄ってきた一人の女が、ルナが手にしている借用書を手に取った。

「チビリオ、どうでしょう？　何かわかりますか？」

そう言いながら、隣に立っている小柄な男の子へ魔法借用書を手渡す。

女――リースから渡された紙をジッと見つめていたその男の子――チビリオは、おもむろに魔法借用書の上に右手をかざした。

すると、借用書の数字の部分が浮き上がっていく。

その数字が消え去ると、浮き上がって消えた数字よりも、かなり少額な数字が現れていた。

それを見たルナが目を丸くしながら、右手で魔法借用書を指さした。

「あ～！　この金額！　これが契約した金額ですのね！」

ルナは思わず声をあげた。

言葉を話せないチビリオは、近くに置かれていたメモ用紙を手にとると、それに何やら文字を書き始めた。

書き終えると、その紙をリースに手渡すチビリオ。

その紙の文字を、フンフンと頷きながら見つめていたリースは、

「こちらのチビリオが申しますには『互いに拇印を押した魔法借用書の数字はどんな魔法を使用しても書き換えることは出来ません。

ですが、この魔法借用書は書き換えられたのではなく、借用書の上に文字が貼り付けられていました。

押印前に修正された文字でしたら、このように監査魔法で浮き上がるはずはありません』って言っているのですが……そうなのですか？」

リースの言葉を聞いたルナは、ずいっと前に身を乗り出した。

「ちょっとあなた達！　魔法借用書の偽造は重罪ですのね！　貴方達《あなた》のボスを訴えますの！　いいですのね！」

腰に手をあて、プンスカ怒りまくるルナ。

そんなルナの前で、黒装束の男達は、先ほどまでのニヤニヤ笑いとは打って変わり、怒気をはらんだ表情を浮かべながらルナをにらみつけていた。

「……ばれてしまってはしょうがないですねぇ」

「……手荒な真似はしたくなかったのですがね」

男達は、そう言いながらルナの肩に手を掛けた。

「え？　えぇ？？　ちょっと、何なのね、触らないでよね！」

気丈な声とは裏腹に、ルナはその顔に恐怖の色を浮かべていた。

そこに、店の奥からエストが駆けだしてきた。

元来臆病な性格のため、こういった強面《こわもて》の相手との交渉の際は常にルナが代役を務めているのだが、ルナの危険を察したエストは、

「る、ルナから離れるんじゃぁあ！」

絶叫しながら、決死の思いで駆けだして来たのだった。

「だ、旦那様ぁ！」

そんな勇ましいエストの姿に、目に涙を溜《た》めながら歓喜の表情を浮かべるルナ。

……しかし。

黒装束の男の一人のパンチを顔面にくらったエストは、

「ひでぶぅ」

一瞬にして床の上に倒れ込んだ。

「旦那様ぁ……かなりかっこわるいですのねぇ……」

ルナの表情が、歓喜から悲哀に変わり、がっくりと肩を落とした。

しかし、床の上に倒れ込んだエストは、気絶しているのかピクリとも動かなかった。

改めて黒装束の男がルナに近寄る。

「ルナのお嬢さん、それにそっちのお嬢さん達も、悪いがこのまま返すわけには行きませんねぇ」

黒装束の男が二人、リースとワインに向かって歩み寄っていく。

すると、リースは黒装束の男が伸ばした男の腕の手首を軽く摑むと、

「目障りですね、消えてください」

軽々と、その男を店の外へ放り投げた。

その横では、

「邪魔なの！　邪魔なの！」

同じく、手を伸ばして来た黒装束の男の腕を摑んだワインが、楽しそうに笑いながら、その男をリースが投げた男の方へ向かって放り投げた。

黒装束の男達は、どちらもリースとワインの倍以上の体格を誇っていたのだが、そんな二人をリースとワインは軽々と放り投げたのである。

黒装束の男達は、自分達の身に何が起きたのかもわからないまま、店の外の街道の脇に置かれていたゴミ置き場の中に頭から突っ込んでいった。

仲間の二人が放り投げられたことで、他の黒装束の男達が改めて身構える。

「て、てめぇ！」

「女だからといって、舐《な》めた真似してんじゃねぇぞ！」

手に剣や鎌を持ち、リースに対峙《たいじ》する男達。

そんな男達を一瞥《いちべつ》すると、ふぅ、と小さくため息を漏らすリース。

「困ったものですね、力の差を推し量れない方って……」

その横で、ワインがぴょんぴょん飛び跳ねている。

「わは！　ママンは何もしなくていいの！　ワインに任せて！　任せて！」

楽しそうに腕を回しながら、ワインがリースの前に立ちはだかる。

するとと、さらにその前にチビリオが立ちふさがった。

「チビリオ？　あなたは下がっていなさい、ワインも、ここはママに任せて……」

リースはそう言いながらワインとチビリオに手を伸ばした。

そんなリースへ視線を向けたチビリオは、首を左右に振ると、男達に向かって右手を伸ばした。

「なんのつもりだ、この小僧」

「手を前に出して何を……」

ニヤニヤ笑いながらチビリオに近づいていく男達。

その時、チビリオの右手の前で魔法陣が展開しはじめた。

それが光り輝き、回転しはじめると同時に、チビリオの前に立ち塞がっていた黒装束の男達が一斉に地面に倒れこんでいった。

「な……なんだこりゃ……動けねぇ……」

「お、押しつぶされるぅ……」

男達は、そんな言葉を口走りながら、なんとか体を動かそうとしているのだが、ピクリとも動くことが出来ずにいる。

魔法を展開しているチビリオを、びっくりした様子で見つめているリース。

「それって、旦那様が得意になさっている重力魔法ですか？」

リースの言葉を受けて、肩越しに振り向いたチビリオはコクリと頷いた。

「まぁ……あなたってばこんなことも出来るのですねぇ」

感動した表情を浮かべるリース。

「むぅ……ワインの出番がないの！　ないの！」

その横では、やる気のぶつけ先を失ってしまったワインが、唇を尖《とが》らせながら地団駄を踏み続けていた。

その仕草を見て、後方でエストを介抱しているルナの顔にようやく笑顔が戻った。

◇しばらく後・インドル国・エストの店◇

エストの店の前には、重力魔法に耐えきれず気絶した後、リースとワインによって荒縄で簀巻《すま》きにされた男達を、通報を受けた衛兵達が護送用の荷馬車に投げ込んでいた。

「フリオ様の奥方様とご家族の皆様にお恥ずかしいところをお見せしてしまって申し訳ありませんですの。おかげさまで本当に助かりましたのね」

エストを介抱しながら、ルナは改めてリースへ視線を向けながら何度も何度も頭を下げていた。

「お久しぶりです、ルナさん。今日は布を買いに来させていただいたのですが……先ほどの騒ぎはどうなさったのですか？」

リースの言葉に、眉間にシワを寄せるルナ。

「実はですね……旦那のエストが独立してこの店を開店する時に、若輩だからって理由でどこもお金を貸してくれなかったですの。そんな時、闇商会ってところがお金を貸してくれると言ってくれたのですのね……それで、そこでお金を借りてこのお店を開店することが出来たですの……」

ここで、ルナは大きなため息をついた。

そんなルナの膝枕で介抱されていたエストが目を覚まし、上半身を起こした。

「ここからは、俺が説明します。先日リース様に商品をたくさん購入していただけたおかげで、開店の際に借りた金も、仕入れに使った金も全部返済出来たはずだったんです……それが今日になって、あのように違法に書き換えた魔法借用書を持って押しかけてきたもんですから俺達も困惑するやら怖いやらで……」

「……旦那様、ずっと店の奥に隠れてたよね？　私死ぬかと思ったのよ」

そう言いながら、ルナはエストにギュッと抱きついていく。

「すまない、ルナ。俺も怖くて……」

ルナを抱き返すエスト。

「……でも、最後の旦那様は格好良かったですの……すぐやられてしまったですけど」

「う……ホント、ごめん……俺、全然じゃな……」

「いえいえ、でもそんな旦那様が勇気を振り絞ってくれたのがすごく嬉しかったのね」

「ルナ……」

「旦那様……」

うっとりとした視線を交わしながら見つめ合うエストとルナ。

そんな二人を見つめながら、リースは苦笑いを浮かべていた。

（……えっと……そういうことは二人きりのところでしてほしいのですが……）

リースの後方で、

「何？　何？　何してるの！　してるの！」

と言いながら、エスト達の様子を確認しようとしているワイン。

リースはその前に巧みに立ち塞がりながら、エスト達のラブラブな様子を見せないようにしていた。

「でも、あれですね……先ほど連行された者達は下っ端ですし……臭い匂いは元から絶たないと、と、旦那様も常々おっしゃっておりますし……」

◇インドル国・とある裏通りのとある建物の一室◇

「……なんですって？　金の回収に失敗？　回収班が捕縛された？」

部屋の中にボロボロの状態で入ってきた黒装束の男の報告を聞いたその女は、背負っていた大きなそろばんを手にすると、すさまじい速さではじき始めた。

「……不確定要素。ありえない……計画はそれも含めて完璧だったはず……」

ジャッとそろばんの玉をはじいたその女は、そう言いながら忌々しそうに舌打ちした。

その女の横で、ゴテゴテしたゴスロリ調の服に身を包んだ、やたらでかい目の女が踊りながら部屋の中に入ってくる。

「やられやられやられやられやられやられましたのね～～～～～～～～～～HYAHAAAAAA」

女は、その異常に大きな黒目の目を更に見開きながら、ケタケタと笑い声をあげる。

「……ヤンデレナ、うるさい」

「シャンデレナ、とにかくそいつらをとっちめないといけないんじゃなくてEEEEEE?」

「……そうね、闇王様から任された闇商会インドル国支店……ただでさえ魔族魔獣の契約不履行でかなりの損失を計上したばかりだもの……万死DEATH」

二人は、見つめ合うと、その顔に不敵な笑みを浮かべあった。

◇その頃ホウタウの街・ブロッサム農園◇

日中。

年中温暖な気候のホウタウの街は、今日も好天だった。

「ブロッサムさん、こっちの収穫終わりましたット」

「こっちの雑草抜きも終わりましたルト」

コボルトのタイラスとチララの声がした。

それを聞いたブロッサムは、

「二人ともごくろうさん。みんなも、もう少ししたら休憩にしよう」

額の汗をぬぐい、周囲を見回しながら声をあげた。

「は〜い!」

「わかったでございます!」

「了解なのですわ～」

その声に呼応し、先ほどのコボルト二名に続き、農場のあちこちで作業している他のコボルトやゴブリン達の元気な返事が聞こえてくる。

ある者は背にカゴを背負い、またある者は手に草刈り鎌や鍬《くわ》を持ち、それぞれ一生懸命農作業を続けていた。

「最初はマウンティとホクホクトンだけだったのに、気がつけばウチの農場も大所帯になったなぁ」

「あぁ、まったくでございますな」

その横に、大きな鍬を肩にかついだマウンティが歩み寄ってきた。

「魔王軍とクライロード魔法国が休戦協定を結んだおかげで、仕事を無くした魔族達を雇用することが出来るようになったおかげだな」

「そうですな。この農場は魔族の間でも話題になっておりますゆえ。何しろ三食おやつに晩酌付き。住居・農具・衣服も全て無償支給。その上給与も高水準ですからな」

「まぁ、これもフリオ様の方針のおかげなんだけどね。戦争がなくなって、傭兵《ようへい》としての働き口を無くした魔族達が路頭に迷わないように、その受け皿になれればってことで、フリース雑貨店とこの農場で積極的に魔族を雇い入れてくれてるわけだからさ」

ブロッサムの言葉に、笑顔で頷くマウンティ。

「……ところでマウンティ」

「なんでございますかブロッサム様」

「あのさぁ、お前の子供達も農場で働いてくれてるわけだけど……今、何人だったたっけ？」

「あぁ、成人した十人を筆頭に男女合わせて四十一人でございます」

「……また増えたんだ」

「あぁ、ちなみに、来週にはまた増える予定でございます」

「あ、あぁ……そうなんだ」

「あぁ、このマウンティ、家族のためにもますます頑張りますぞ」

右腕で力こぶをつくるマウンティ。

その様子をブロッサムは苦笑しながら見つめていた。

「まぁ、マウンティとその子供達は真面目で一生懸命頑張ってくれるからいいんだけど……」

そう言いながら、ブロッサムは農場の一角へ視線を向けた。

その視線の先……

「はぁ……まったくもう、なんで私が草むしりなんかしないといけないんですか……」

農場の一角、紫色のナルスビの実がたわわに実っている畑の中、テルビレスは地面の上にへたり込みながら天を仰いでいた。

「仮にも私は元女神なのですのよ……かつては神界の冷暖房完備の部屋でお洒落《しゃれ》な服を日替わりで着て、優雅にお茶やお菓子を楽しみながら球状世界を遠隔管理していましたのに……こんなところで汗にまみれてお仕事するなんて、マジであり得ません……」

今のテルビレスは、農作業着の上下に麦わら帽子、ゴム製の長靴に軍手をはめており、農場の光景の中に見事なまでに馴染《なじ》んでいた。

「お昼までここでさぼろっと……」

ごそごそと、野菜の葉の間に入っていくテルビレス。

その葉の向こうから、いきなりゴブリンのホクホクトンが顔を出した。

「この駄女神が！　まぁたこんなところでサボっておりましたな！」

「きゃあ!?ってか、ホクちゃんってば、いきなり顔ださないでよね！」

「サボろうとしていたくせにごちゃごちゃぬかすでないでござる」

テルビレスの首根っこを摑むと、そのまま引きずっていくホクホクトン。

「あ、ちょ、痛い！　痛い！　お尻が裂けちゃう！」

「えぇい、それぐらいでどうにかなる尻か！　とにかく、拙者の目が届くところで仕事をするでござる！」

「え～、だってホクちゃん全然優しくないから……」

「お主がさぼるばかりだからであろう！」

「そんなこと言われてもぉ～」

「ごちゃごちゃ言うでない！　ゾフィナ殿からも『ここで性根を叩き直してください』とお願いされているのですからな。ビッシビシいくでござるよ、ビッシビシでござる！」

「やだやだ！　もっと優しくしてよ～」

そんな会話を交わしながら、農場の中を移動していくホクホクトンとテルビレス。

その声を聞きながら、ブロッサムは苦笑いを浮かべていた。

「……あの元女神様……相変わらずだなぁ……」

「あぁ……ホクホクトンがつきっきりで指導しておりますが、さっぱり成長しませんな」

互いに顔を見合わせるブロッサムとマウンティ。

農場には、ホクホクトンとテルビレスの声が響き続けていた。

◇インドル国・とある裏通りのとある建物◇

「……とにかく、改めて金の回収に行くDEATH」

闇商会のシャンデレナは、巨大なそろばんを片手で振り回しながら廊下をズカズカと歩いていた。

「舐められたら終わり終わり終わりですものねえEEEEEEEEEEEEEE」

その横を、極端に体を横に倒し、叫び、歌いながらヤンデレナが付き従っていく。

二人は、先ほど部下である黒装束の男から報告のあったエスト商会へ向かおうとしていた。

その勢いのまま扉を開け、裏街道に足を踏み出す二人。

「ちょっとごめんなさいね。入りますわよ」

そんな二人を押し返すかのように、その入り口からリースが入ってきた。

その後方からワインとチビリオが続いてくる。

「ふぉ!?」

「ふぉひょOOOOOOOOOOO!?」

シャンデレナとヤンデレナは、最初の女に押されるようにして出ようとした建物の中へと押し戻されてしまい。ゴロゴロと廊下を転がっていく。

そんな二人の様子など気にも止めないまま、その女は時折鼻をくんくんとさせながら建物の中を見回している。

「……この匂い、間違いありません。あの黒装束の男達が逃げ込んだのはここですね」

牙狼族《がろう》特有の鋭い嗅覚を利用して、逃げ出した黒装束の男達の匂いを追いかけ、ここにたどり着いていたのであった。

確信したように頷くと、リースはその視線を廊下に転がったままのシャンデレナとヤンデレナへ向けていく。

「あなた達、この建物から出ようとしていたということは闇商会の関係者ですね？　私はリース。エスト商会のことで話し合いにまいりました」

リースがそう言うのと同時に、廊下の奥にある階段から複数の男達が駆け下りてくる音が聞こえてきた。

「なんだ、今の音は!?」

「何かあったのか!?」

「衛兵が殴り込んできたのか？」

吹き飛ばされたシャンデレナとヤンデレナの音に反応した、闇商会の黒装束の男達が階段からわらわらと現れる。

一同の前、廊下に立っているリース。

スラッとし、めりはりのある体……

美しく、整った顔立ち……

風になびく、青みがかった銀髪……


「な、なんだあの女……」

「う、美しい……」

「すごい美人……」

黒装束の男達は、リースの姿に見惚《みと》れてしまい、言葉を失っていた。

その様子に気がついたシャンデレナとヤンデレナが、着衣の乱れを直しながら立ち上がる。

「……な、何してる！　敵襲！　敵襲！」

「とっとと殲滅《せんめつ》殲滅殲滅なさ～～い！」

「あ、あぁ、そうでした」

「いかに美しくても敵は敵！」

シャンデレナとヤンデレナの言葉にハッと我に返った黒装束の男達は、一斉にリースに向かって駆けだしていく。

（……排除すればいいんだよな）

（……ってことはこのまま押し倒しても）

（……はぁはぁ）

一部邪《よこしま》な思惑を持ちながら、リースへ肉薄する黒装束の男達。

「……鬱陶しいです」

リースは舌打ちすると、その体を瞬時に牙狼のそれへと変化させていく。

……しかし、それよりも早く、チビリオが黒装束の男達の前に立ちはだかり、男達に向かって両手を伸ばした。

その手に魔法陣を展開させ、重力魔法を発動させるチビリオ。

黒装束の男達は、重力魔法の影響で即座に床へと倒れこんでいく。

そんなチビリオの後方で、リースはその姿を牙狼から再び人族へ変化させた。

「……チビリオ、私の心配をしてくれるのは嬉しいのですが……その、少しは私にも暴れさせてほしいですわ」

そう言うと、重力魔法を展開し続けているチビリオの頬を、不満そうにつんとついた。

しかし、チビリオは、リースに向かって飄々とした笑みを浮かべると、『危険な目には遭わせません』とでも言わんばかりに首を左右に振った。

「……もう」

その仕草に、不満げな表情を浮かべるリース。

「も〜！　ワインも暴れたかった！　暴れたかった！」

そんな二人の後方で、不満そうな表情を浮かべているワインが文句を言いながら飛び跳ねていた。

程なくして、黒装束の男達が全員気絶したのを確認したリース。

「……さて」

廊下の奥へ歩いていき、シャンデレナとヤンデレナの前に立ち塞がる。

「あなた方。この闇商会のえらい人のようですけど、エスト商会のことで少しお話出来ますか？」

リースににらみつけられながら、シャンデレナとヤンデレナはガタガタ震え続けていた。

（……は、話も何も、牙狼の女を前にして……）

（……まままともに話なんて出来るわけないのＹＯＯＯＯＯＯＯＯＯＯＯＯ）

先ほど牙狼化したリースの姿を見て怯《おび》えまくっている二人は、壁にべったり張り付いたままガタガタ震え続けていた。

一言も口を開かない二人を前にして、焦《じ》れたようにリースはにらみつける。

「「ひ、ひ、ヒィィィィィィィ！！！」」

その視線の先で、シャンデレナとヤンデレナは悲鳴をあげたのだった。
◇しばらく後◇

闇商会の建物には、インドル国の衛兵達が忙しく出入りし続けていた。

リース達は、その横で衛兵長と並んで立っていた。

「リース様の通報のおかげで、あの闇商会の本拠地を壊滅させることが出来ました。あの者達の違法なやり方のせいで多くのインドル国の民達が苦しんでいたのです。

あまりにやり方があくどい上に、まったくその尻尾が摑めなかったものですから、クライロード魔法国に協力を申し出たところだったのですが、おかげさまでこうして無事解決することが出来ました」

深々と頭を下げる衛兵長。

そんな衛兵長に、にっこり微笑むリース。

「いえいえ、当然のことをしたまでですわ」

そんな一同の横を、シャンデレナとヤンデレナが連行されていく。

「……おぼえてなさい……闇王様のためにも、こんなところで終わらないんだから」

「……アイルアイルアイルビーバックだわYOOOOOOOOOOOOOO」

口々に捨て台詞《ぜりふ》を吐きながら連行されていく二人。

もっとも、その体は布包帯でグルグル巻きにされ、身動きが出来ない状態で衛兵達に担がれているため、どこか滑稽な光景にしか見えなかった。

リースは護送用荷馬車の中に放り込まれていく二人を見つめる。

「……悪人って、得てして最後にああいった捨て台詞を残しますよね」

そう言って、小さくため息をついた。

護送用荷馬車が、周囲を厳重に包囲された状態で出発するのを見届けると、リースは魔法袋から書類の束を取り出した。

「これがあの女達から回収いたしました、闇商会が違法な手段で金を巻き上げていた方々のリストですわ」

それを衛兵長に差し出すリース。

「おぉ、これは助かります！　これで闇商会のヤツらをとっちめてやります！」

「えぇ、よろしくお願いいたしますわ。エスト商会をはじめとした被害者の皆様がこれ以上の被害を被らないよう、くれぐれもよろしくお願いいたします」

「はい、必ずや！」

リースに対し、深々と頭を下げる衛兵長。

「では、私達はエスト商会に戻りますわね。買い物を済ませて夕飯の支度までには戻らないといけないので」

「リース様は、インドル国内にお住まいですか？」

「いいえ、私はホウタウの街に住んでおりますの。では」

そう言うと、リースはチビリオと手を繋《つな》ぎ歩き始めた。

その後方を、

「むぅ、全然暴れられなかったの！　なかったの！」

またも全く出番のなかったワインが、不満そうに頬を膨らませながら二人の後ろに続いた。

そんな三人の後ろ姿を見つめながら、改めて頭を下げる衛兵長。

「……ホウタウ……はて、この周辺にそんな名前の街があったかな……確か、クライロード魔法国にそんな名前の街があったような気がするが……あの街までは馬車で二ヶ月はかかるはずだし、夕飯の支度までには……」

首をひねりながら、怪訝《けげん》そうな表情を浮かべていた。

その後方では、衛兵達が闇商会の建物の中から書類の束を運び出し続けていた。

◇同時刻・闇商会の建物近く◇

建物の陰に隠れるようにして三人の男女が闇商会の建物の方を見つめていた。

その視線の先にある、闇商会の建物は多くの衛兵達によって囲まれており、その中から大量の関係書類が運び出されているところだった。

その様子を見つめながら、恰幅《かっぷく》のいい男——闇王は忌々しそうに舌打ちをした。

「……どういうことだ……クライロード魔法国外で最大拠点の闇商会インドル国支店が衛兵達に捜索されているとは……」

その後方に立っている、金色のチャイナドレスに身を包んでいる女——金角狐《きんつのぎつね》もまた、忌々しそうに右手の親指を噛《か》んでいる。

「ここはあのシャンデレナっていう根暗そろばん女とヤンデレナっていうダンス女が守っていたはずコンけど……あの二人ってば、何してたコン」

その横で、銀色のチャイナドレスを身につけている女は、脱力したように肩を落とした。

「やっとの思いでインドル国までたどり着いたココンなのに……闇王様、アタシ達これからどうするココン？」

闇王の肩にそっと手を置くその女――銀角狐《ぎんつの》。

「えぇい、今考えておる、少し黙らぬか」

三人がそんな会話を交わしていると……

「おい、あっちから話し声が聞こえなかったか？」

「闇商会の残党かもしれん、おい、何人かついてこい」

建物の方から、屈強な衛兵長を筆頭に、数人の衛兵達が闇王達の方へ向かって駆け出した。

「ま、まずい！　逃げるぞ！」

慌てた様子で駆け出す闇王。

「に、逃げるって、どこへコン？」

「そんなの、逃げながら考えろ！　とにかく急げ！」

「ちょっとぉ、あの建物からお金を回収しないと、もうお金がないココンよ」

「とにかく今は逃げるのが先決だ！」

小声でそんな会話を交わしながら、闇王達は裏街道の奥へ向かって駆けていった。

◇ホウタウの街・ホウタウ魔法学校◇

放課後。

この日、ガリルは事務員のタクライドに呼ばれて応接室にいた。

その隣には、ガリルの担任であるベラノが座っている。

そして、ソファに座っている二人の前には一人の男が座っていた。

クライロード魔法国所属の騎士にのみ着用を許されているマントを羽織ったその男は、ガリルに笑顔を向けていた。

「久しぶりだね、ガリル君、元気だったかな?」

「うん、マクタウロのおじさんも元気でしたか?」

「あぁ、おかげさまで元気だよ」

互いに笑顔を交わすマクタウロとガリル。

「マクタウロのおじさんって、クライロード騎士団の団長さんだったんだよね?」

「以前はな。今は魔王軍との間に休戦協定が結ばれたこともあって、騎士団長は引退することにしてね。近々設立されるクライロード騎士団養成学校の校長に就任する予定なんだ」

出されたお茶を口に含むと、改めてガリルへ視線を向ける。

「でね、今日はクライロード騎士団養成学校の校長としてやってきたんだが……ガリルくん、クライロード騎士団養成学校に入学する気はないか?」

「え? 俺?」

マクタウロの言葉に、びっくりした表情を浮かべるガリル。

そんなガリルに対し、マクタウロは頷いた。

「あぁ、そうだ。私はクライロード騎士団養成学校の校長としてクライロード魔法国内の将来有望な少年少女をスカウトして回っているのだが、ぜひともガリル君を特待生として迎えたいと思っているんだ」

マクタウロの言葉を聞いたガリルは、少し考えを巡らせていく。

「ん～……俺さ、いつかエリーさん……じゃなかった、姫女王様のために働きたいって思っているんだけどさ……」

「あぁ、その事は知っているよ。ボラリスからも君が姫女王様を守ってくださった件は何度も聞いているからね。クライロード騎士団養成学校に入学すれば卒業後にクライロード騎士団へ優先的に入団する資格が与えられるから、君にとってもいい話じゃないかな」

マクタウロの言葉に、ベラノもコクコクと頷いた。

そんな二人の視線の先で、しばらく考えを巡らせたガリルは、ニカッと笑みを浮かべた。

「……その話って、すっごく嬉しいんだけど。今回は遠慮させてもらってもいいですか？」

「うん？　断る、というのかい？」

「はい。俺、このホウタウ魔法学校が大好きなんだ。だからこの学校をきちんと卒業してから、クライロード騎士団養成学校にお世話になりたい」

ガリルはよどみなく、はっきりとそう言い切る。

マクタウロが真正面から見つめるその目を、ガリルもまた見つめ返していく。

「……わかった。では、君がホウタウ魔法学校を卒業して、クライロード騎士団養成学校にやってくるのを楽しみに待っているよ」

にっこり微笑むマクタウロ。

ガリルもそんなマクタウロに笑顔を返していく。

「うん、その時はよろしくお願いします」

ガリルはソファから立ち上がり、一礼する。

マクタウロはそんなガリルに右手を差し出した。

その手を握り返すガリル。


……その時だった。


応接室の扉がいきなり開け放たれ、そこから大勢の生徒達が倒れ込んでくる。

そこには、サリーナやアイリステイル、サジッタといったガリルの同級生達をはじめとしたホウタウ魔法学校の生徒達の姿があり、皆、山積みになって倒れ込んでいた。

その光景を見つめながら、ベラノは目を丸くする。

「……盗み聞き……よくない」

「でも……でも、ガリル様が転校するかもしれないって聞いて、いてもたってもいられなかったりン」

ベラノの言葉に、サリーナが身を乗り出す。

その横で、顔に二体の人形を寄せるアイリステイル。

「でもですね、ガリル君が転校しないって言って」「アイリステイルも喜んでるゴルァ！」

腹話術よろしく、ぬいぐるみの口をパクパク動かしていく。

その横に立ち上がるサジッタ。

「ガリル、お前は卒業までに俺が倒すんだから、卒業まで絶対に一緒にいるんだぞ！」

日頃からガリルの事をライバル視しているサジッタは、上から目線でガリルに声をかける。

……しかし、そんなサジッタを生徒達はジト目で見つめていた。

「……サジッタがガリル様に？って、無理無理リン」

「そんなの生まれ変わっても」「あり得ないゴルァ！」

そんな声が一斉に後方からかけられた。

「う、うるせぇ！　お、俺だって頑張ってんだから、ちょっとくらいだな……」

顔を真っ赤にしながら反論をするサジッタ。

その様子に、生徒達は一斉に笑い声をあげた。

応接室の中は、期せずして生徒達の笑い声で満たされていく。

その光景を見つめていたマクタウロは、その顔に優しい笑みを浮かべていた。

「……なるほど。ガリル君が卒業までいたいと言う意味がよくわかったよ。いい学校ですね」

その視線をベラノに向けるマクタウロ。

マクタウロの言葉に、ベラノは笑顔で頷く。

その後、生徒達と会話を交わした後に、マクタウロはホウタウ魔法学校を後にした。

◇インドル国・エスト商会◇

「もうホントに、なんてお礼を申し上げたらよいのやら」

リースの前にありったけの商品を並べながら、エストは歓喜の表情を浮かべていた。

長い耳をピコピコ上下させながら、リースに向かって何度も何度も頭を下げている。

先ほど……

店に戻ってきたリースから、

「闇商会は悪徳商売をしていた罪で関係者全員捕縛されました。ですのであの者達がこの店にやってくることは二度とありませんわ」

そう報告を受けたエストとルナは、抱き合い飛び上がって喜んだのだった。

そんなリースの前に、ルナは次々に商品を並べていく。

「さぁさぁリース様、いくらでも商品をご覧くださいなの！　もうね、今日は大サービスしちゃいますの！　旦那様、もっと布を持って来てほしいのね」

「あぁ、まかせておけ！　とっておきの奴《やつ》を持ってくる！」

ルナの言葉に、エストも威勢のいい声で答える。

リースは、それらの布を笑顔で確認していた……のだが……

「……えっと、布を選べるのは嬉しいのですけど……あれは一体……」

そう言うと、店先の方へ視線を向けるリース。

その視線の先、エスト商会の店頭には凄《すご》い数の人たちが集まっていた。

その人々は、

「おい、あの人だろ、あの闇商会を壊滅させたのって」

「あぁ、間違いない。俺、見たんだ、衛兵長と一緒にいるところを」

「すげぇ、あいつらがいなくなれば、俺達の商売も安泰だ！」

「もう、あいつらの影に怯えなくてすむんだな」

「ホント、すげぇ人だ……リース様……」

そんな言葉を口にしながら、リースを遠巻きに見つめていた。


そう、この人だかりは、悪名高い闇商会を壊滅させたリースの姿を一目見ようと集まった人々だったのである。


……しかし、リースは、そのような事などお構いなしとばかりに、商品の方へ視線を戻した。

「……早く商品をみつくろいませんと、夕食の準備に間に合いませんわね。ルナさん、この青系の布をあるだけもらえますか？　それと、この赤に緑の編み込みが入った布の、別のパターンの布があったら拝見したいのですが……」

「はいですの！　すぐにお持ちいたしますのね！」

満面の笑みで、店の奥に在庫を取りに行くルナ。

そんなルナを見送ると、リースは再び布へ視線を向け、手に取り、品定めしていく。

その目は真剣そのものだった。

リースの後方にはチビリオが立っており、リースが選んだ布を受け取っては、それを魔法袋の中へ収納していた。

真剣な眼差《まなざ》しで布を吟味し続けているリースの姿を、店先から見つめ続けている人々は、

「綺麗な人だなぁ……」

「ホントにあの美しい女性が、たった一人であの闇商会を一網打尽にしたってのか？」

「奴ら、あの美貌に見とれてたんじゃないのか？」

「……いや、闇商会の幹部は、不気味な女二人だったっていうから、それはないんじゃ……」

「しかしまぁ、あの女性が美しいのに変わりは無い」

口々にそんな会話を交わしては、改めてリースへ、その視線を向ける。

そんなリースの後方で、ワインは肉の塊をぱくついていた。

布にまったく興味がないワインのために、エストが焼いてくれた肉であった。

「このタンドーリチルキンってお肉、とっても美味《おい》しいの！　美味しいの！」

口いっぱいに肉を頬張っては、もしゃもしゃ口を動かすワイン。

その顔には満面の笑みが浮かんでいた。

……その時だった。

「エストよ！　エストはおるか!?」

エスト商会前の人混みをかき分けながら、複数の衛兵達が駆け込んで来た。

「は、はい！　ここにおるんじゃけど……」

店の奥に布を取りに行っていたエストは、あたふたしながら店頭へ戻ってくる。

エストの姿を確認した衛兵は、店内を見回した。

そんな中でも、リースは一心不乱に布を選び続けていた。

衛兵達はそんなリース様といわれる女性は、このお方で間違いないか？」

「おいエスト、リース様といわれる女性は、このお方で間違いないか？」

「は、はい……そうじゃけど？」

エストの返事を聞いた衛兵達は、リースの後方へ歩み寄り、横一列に並び一斉に敬礼した。

「リース様。私は、このインドル国首都デルリの全衛兵部隊長ムサインマドと申します」

その言葉を合図に、ムサインマドは片膝をつき、頭を下げていく。

ムサインマドに付き従っていた他の衛兵達も、ムサインマド同様に片膝をつき、頭を下げる。

「この度の、闇商会の関係者捕縛の功績に対し、我らが国王ダルシンムが、国家勲章を授与したい
との申し出でございます。

お忙しい中真《まこと》に恐縮ですが、我々と一緒にデルリ城までご足労願えませんでしょうか？」

ムサインマドの言葉に、店の前に集まっていた人々から大歓声があがっていく。

「こ、国家勲章だって!?」

「しかも、国王直々だと!?」

「すげぇ、もう何年も受章者が出てないってのに」

「いや、でもあの闇商会を壊滅させてくださったんだし、当然っていえば当然だな」

皆、歓喜の声をあげ、リースの受賞を我が事のように祝い始め、そしていつしかその歓声は、大「リース」コールとなってエスト商会の周囲を覆い尽くしていった。


……しかし。


そんな歓声の中にもかかわらず、リースはひたすら布を選び続けていた。

ムサインマドの言葉に応じることなく、リースは布を選ぶ手を止めない。

「……あ、あの……リース様? あちらに、王宮へ向かう送迎用の馬車も用意しておりますので……」

そう言うムサインマドに、やっとのことで振り向いたリース。

ムサインマドに向かってにっこり微笑む。

「申し訳ありませんが、お断りします」

そう言うと、再びルナが持って来た布へ顔を向けていく。

「早く布を買って帰らないと、夕飯の支度に遅れてしまいますので」

目の前で、ひたすら布を選び続けているリースを前にして、ムサインマドは、

「……は？……あ、あの……ゆ、夕飯の準備……で、ございますか？」

呆然《ぼうぜん》とした表情を浮かべていた。

「あ、あの……そんなにお時間はとらせませんので……」

「お断りします」

「なんでしたら、王宮で食事の準備もさせていただきますので、ご家族の皆様もご一緒に……」

「すでに下ごしらえを済ませて来ておりますので」

「あの……ご家族の皆様のお迎えも手配いたしますので……」

「遠方ですので、ご遠慮いたしますわ」

「えっと……」

「もうよろしいですか？　あ、ルナさん、この布の色違いがあったら見せてくださいますか？　あと、こっちの布と同じ種類のものを色違いで三種類欲しいのですが」

必死に話しかけるムサインマドの前で、リースは一心不乱に布を選び続けている。

「え？　あ、はいですの、すぐに準備いたしますの！」

ルナはそんな二人の様子に困惑しながらも店の奥に在庫を取りに走っていった。

◇◇◇

その後、しばらくして布を選び終えたリース。

「では、代金も支払い終わりましたし、家に帰りましょうか、ワイン、チビリオ」

「ママン、わかった！」

リースの言葉に、笑顔で手を上げるワイン。

その横で、チビリオもこくりと頷いた。

そんなリースの背後には、額に汗をかきまくっているムサインマドの姿があった。

「り、リース様、少しのお時間でかまいませんので、どうか私と一緒に城までおいでいただくわけにはまいりませんか？　このムサインマドたってのお願いでございます」

出口に向かって歩いていくリースの後を、必死の形相で追いかけるムサインマド。

そんなムサインマドの様子に、足を止めたリースは小さくため息をついた。

「……そこまでお願いされては、仕方ありませんね」

「で、では!?」

リースの言葉に、ムサインマドは笑みを浮かべる。

その視線の先で、リースは店内へ視線を向けた。

「エストさん、ルナさん」

「「は、はい!?」」

いきなり名前を呼ばれて、思わず気を付けをするエストとルナ。

そんな二人に、にっこり微笑むリース。

「お手数ですが、私の代わりにお城まで行って来てくださいますか?」

「「え?」」

リースの言葉に、エスト、ルナ、そしてムサインマドをはじめとした、その場に居合わせた者達全員がびっくりした声をあげた。

周囲を見回したリースは、にっこり微笑むと、

「では、そういうことで」

店を出て、城門へ向かって歩いていった。

「あ、あの……リース様!?」

その後を、慌てて追いかけるムサインマドとその部下達。

しかし、部下達が城門の外へ出た時には、そこにリース達の姿はすでになかった。

「……まったく、国家勲章より、夕飯の準備の方が大事だなんて……なんてお方だ」

その顔に苦笑いを浮かべているムサインマド。

その時だった。

小高い丘になっている砂丘の向こうから、いきなり一頭の赤い翼龍《ワイバーン》が飛び立った。

「な!? 翼龍《ワイバーン》だと!?」

慌てて身構える衛兵達。

「ま、まて……」

ムサインマドはそれを制した。

目を凝らし、翼龍《ワイバーン》の背を凝視しているムサインマド。

「あの龍の背に乗っているのは……り、リース様!?」

その言葉に、衛兵達が一斉に声をあげた。

「リース様は、翼龍《ワイバーン》を使役なさっているというのか！」

「まるで、伝説の龍の女王ではないか！」

「インドル国を滅ぼしかけた紅の龍を退治し、服従させたという、あの……」

「リース様は、龍の女王の生まれ変わりに違いない！」

「リース女王ばんざい！」

「「リース女王ばんざい!!」」

「「「リース女王ばんさい！！！」」」

「「「「リース女王ばんざい！！！！」」」」

衛兵達から沸き起こったリースコールは、城門に集まった人々にも伝播《でんぱ》し、やがて大リース女王コールとなって、インドル国の中を覆い尽くしていった。

◇その頃・上空◇

「ワイン、申し訳ありませんが、もう少し急いでくださいな。ムサインマドとか言われる方の応対をしたせいで、少し予定より遅くなってしまいました」

『わかったのママン、まかせて！　まかせて！』

リースの言葉に頷いたワインは、羽根を動かす速度を速め速度を更に上げていく。

上空から地上を見下ろしながら、リースは風になびく髪の毛を手で押さえていた。

「……綺麗な光景ですね、チビリオ」

リースは、抱っこしているチビリオに向かって微笑みかけた。

チビリオは、フリオのように飄々とした笑みを浮かべながら、その言葉に頷いた。

（……チビリオと一緒）

リースは、チビリオの頬を優しく撫でた。

（……これはこれで楽しくもあるのですが、私はやはり、旦那様と一緒がいいわ……）

リースは、そう思いながら、その目を伏せた。

「お待たせリース」

そんなリースの耳に、不意にフリオの声が聞こえた。

ハッとして、目を開くリース。

振り向くと、リースの背後には、座っているフリオの姿があった。

「やっと仕事が済んだから転移魔法で駆けつけたよ。遅くなってごめんね」

そう言うと、いつものように飄々とした笑みを浮かべるフリオ。

（……チビリオと意識を同化させて転移魔法を発動させてみたんだけど、上手くいってよかった）

初めての試みが上手くいったことで、フリオは安堵《あんど》の息を漏らしていた。

そんなフリオを見つめていたリースは、その顔に満面の笑みを浮かべると、

「旦那様！」

そのままフリオに抱きついていった。

フリオは、そんなリースをしっかりと抱きしめた。

しばらく無言のまま抱きしめ合う二人。

『あ、パパン！　だ、パパ……』

フリオが現れた事に気がついたワインが嬉しそうに話しかけようとした。

しかし、二人の空気を察したチビリオが、ワインに向かって人差し指を口元にあてながら『今は話しかけちゃ駄目』と伝える。

それを察したワインは、口をもごもごさせながら、飛行に専念した。

ワインの背に乗り、フリオの腕にもたれかかっているリース。

そんなリースを、フリオは優しく抱き寄せた。

「……どうする？　転移魔法を使えばすぐに家に帰れるけど？」

「……いえ、このまま帰りましょう」

リースは、フリオの顔を見つめると、その目を閉じた。

フリオは、返事をする代わりに、そっと唇を重ねていった。

ワインは、そんなフリオとリース、そしてチビリオを乗せたまま、ホウタウの街へ向かって飛行し続けていた。

◇翌日・インドル国◇

「まじなのですか……」

ルナは、カチコチになりながら、デルリ城の前に立っていた。

「り、リース様のお願いじゃしなぁ……」

その横で、エストもまたカチコチになって立っていた。

そんな二人を、ムサインマドは苦笑しながら見つめていた。

「おいおい、お前達はリース様の代役なんだぞ？　しっかりしてくれよ」

その言葉に、ルナは、

「ししししっかり出来るんなら、とっくにしていますのね！　こんな代役、リース様のお願いじゃなかったら絶対にごめんですのね！」

ムサインマドをにらみつけながら、怒りの声を発していく。

「あぁ、それだけ感情を出せるんなら大丈夫だろう、ほらいくぞ」

「あぁ……もう……」

「しょうがないよルナ、覚悟を決めるんじゃ」

「わ、わかったのね、旦那様」

互いに見つめ合いながら大きく頷き合う二人。

ムサインマドは、そんなルナとエストの肩をポンと叩くと、デルリ城の中へ案内していった。

この後……

ダルシンム国王より、リースの代役としてエストとルナに国家勲章が授与された。

入室する際に、二人で足を絡ませ派手にずっこけた以外は特に問題なく、授与式は幕を閉じたのであった。

エピローグ　8

◇ホウタウの街・フリオ宅◇

「わぁ！　この服とっても可愛《かわい》いのです！」

フリフリがついた服を身につけているリルナーザは、満面の笑みを浮かべながらその場でクルクル回転していた。

「ふふ、気に入ってくれてよかったわ」

目の前でクルクル回り続けているリルナーザを見つめながら、リースもまた笑みを浮かべていた。

「すごいわこの服！　すっごく可愛い！」

「リース母様、この服とっても素敵なのです！」

リースの言葉にはしゃいでいるエリナーザとリルナーザ。

色彩豊かな布を使用している服を身につけている二人は、服を見つめながら嬉《うれ》しそうに笑みを浮かべていた。

「ほんと、これすごくいい！　この間のも素敵だったけど、今回のもすっごくいいわ、リースおばさま！」

リスレイも嬉しそうな声をあげながらリースへ笑顔を向けている。

「うむうむ、超超絶可愛いワシのリスレイが、なんとまぁここまで可愛くなってしまうとはのぉ！」

「ほんとですねぇ、とってもとっても似合ってます～」

リスレイを見つめながら、笑顔で抱き合っているスレイプとビレリー。

「ママン、これすっごくすっごく可愛いの！　とってもとっても可愛いの！」

新しく買い付けた布で作製された新しいポンチョを身にまとっているワインは、満面の笑みを浮かべながら何度も何度も飛び跳ねていた。

その裾がめくれあがり、露《あら》わになったワインの体には下着がしっかり身につけられていた。

その光景を見つめながら満足そうに頷《うなず》いているタニア。

「ワインお嬢様がいやがらないようにゆったりしたサイズの下着まで、購入してきた布でお作りになられるなんて……リース様、すばらしいですわ」

「うん！　この下着なら大丈夫！　大丈夫！」

「ワインお嬢様……立派になられて……」

笑顔のワインの言葉に、思わず涙をこぼすタニア。

ポケットから取り出したハンカチで、その涙をぬぐっていく。

……しかし、それがハンカチではなく、ワイン用の予備の下着だった事にタニアが気付くのはもう少し後になってからの事だった。

「わぁ、これとっても可愛いの！　前のも好きだけど、これも好きなの！」

「……うん、フォルミナお姉ちゃん、とっても可愛い……前のも、今のもずっと可愛い……」

スキップしながら満面の笑みを浮かべているフォルミナ。

そんなフォルミナの後ろを追いかけながら、ゴーロもスキップをしていた。


「前の服は強くなったみたいだったけど、今回は格好良くなったみたいだ！」

ガリルは、リビングのガラスに映った自分の姿を確認しながら嬉しそうな笑みを浮かべていた。

（……これ着てたら、エリーさんも喜んでくれるかな……あ、通信魔石で話をするときにこの服を着てこうかな、胸元あたりまでは映るはずだし……）

姫女王ことエリーの事を思い浮かべながら、ご満悦なガリル。

その後方では、ベラリオとチビリオが、ガリルの真似《まね》をして同じポーズを取っていた。


「……ラビッツちゃんは何を着ても似合うと思うのじゃが……たまにはパパも、その姿を真正面から見てみたいのじゃが……」

リースが作ってくれた服を身につけているラビッツは、相変わらずカルシームの頭の上に抱きついたまま動こうとしていない。

リースの新作の服を着ているラビッツは、

「パーパ！　だ～いすき！」

満面の笑みを浮かべると、カルシームの頭を抱きかかえながら頬ずりをしていた。

「カルシーム様に甘えているラビッツってば、とっても可愛いでありんす。でも、ラビッツに甘えられているカルシーム様も、とっても素敵でありんすわぁ」

二人を見つめながら、チャルンは頬を赤くしていた。


リビングの中は、リースが新たに購入してきた布を使用して製作した服を身につけた子供達《たち》の楽しげな声で満ちあふれていた。

リースは、その声を聞きながら嬉しそうに笑みを浮かべていた。

「ふふ、旦那様にお願いして、布を購入しにいってよかったですわ。今回は前回よりもたくさん布を買って来たから、もっとたくさん服を作ってあげますからね」

リースの手には布が握られており、話をしながらもそれを縫い続けている。

その横では、バリロッサとベラノ、ウリミナスの三人が、リースの手元を盗み見しながら手に持っている布を縫っているところだった。

「えっと、ここはこうやって……えっと、それから……う～ん、剣のように上手《うま》くいかないな……」

「……魔法を、教えている方が、簡単かも……」

「ウニャ……これでも少しは裁縫出来るつもりニャったんニャけどニャあ……」

悪戦苦闘しながらも、必死に手を動かしている三人。

リースはそんな三人ににっこり微笑《ほほえ》んだ。

「大丈夫、みんな上達していますから。その調子で頑張りましょう」

「そ、そうですかリース様！　頑張ってゴーロの服を完成させてみせます！」

「……ミニリオとベラリオに、私が作った服を……」

「フォルミナに二、三着くらいは作ってあげたいニャ……いや、いっそのこと十着くらい……」

フリオ家のリビングには、賑《にぎ》やかな声が満ちあふれていた。

◇その頃・フリオ工房◇

フリオ工房の地下室に、フリオの姿があった。

「……うん、どうにか出来たんだ」

前方を見つめながら、その顔にいつもの飄々《ひょうひょう》とした笑みを浮かべているフリオ。

その横には、ゴザルとヒヤ、ダマリナッセが立っていた。

「フリオ殿よ、これは……」

「えぇ、新しい魔導船です」

ゴザルの言葉に頷くフリオ。

一同の前には、完成したばかりの真新しい魔導船が停泊していた。

「……し、至高なる御方《おんかた》、魔導船なのは理解出来るのですが……この数はいったい……」

思わず唾を飲み込むヒヤ。

その視線の先には、五隻の魔導船が並んでいたのである。

「ほら、この間ゾフィナさんから厄災魔獣の骨をもらったじゃない？　あれを使って組み上げてみたんだけど、どうにか上手くいったみたいでさ」

フリオの言葉に、腕組みしながら頷くゴザル。

「そうか、最近用事があるといってフリオ工房《こ　こ》に籠もっていたのは、これを作っていたからなのか」

「うん、そうなんですよ」

ゴザルの言葉に、フリオが頷く。

「……確かに、至高なる御方は一隻お造りになられていますから……材料さえあれば、と、頭では理解出来るのですが……」

（……だからといって、古代のテクノロジーである魔導船を、たったお一人で五隻もお造りになられるなんて……至高なる御方、なんて底が知れないお方……このお方にお仕えしていると、世界の深淵《しんえん》を見ることが出来るかもしれません……）

ヒヤは、無意識のうちに、感涙を流していた。

「フリオ様、船体が出来てもさ、動力源の魔石はどうしたんです？　魔導船って結構でっかい魔石が必要じゃないですか？」

「うん、それなんだけどさ、ダマリナッセ。この間、グレアニール達が白い魔獣の死骸をたくさん見つけてきてくれたじゃないか？」

「え……ま、まさか……」

「うん、あの魔獣の死骸をいくつか圧縮したら、魔石の代用品にすることが出来たんだ」

腰につけている魔法袋から、一つの魔石を取り出したフリオ。

その魔石を見たダマリナッセは、思わず目を丸くした。

「こ、こんなでっかい魔石って……しかも、すっごい魔力が詰まってるじゃないですか……」

「うん、この魔獣の死骸って魔石の堆積効率がすごくよくてさ。魔導船の原動力に適しているみたいなんだ」

手にしている白い魔石を、フリオはいつもの飄々とした笑顔で見つめている。

ヒヤとダマリナッセもまた、その魔石を見つめ続けていた。

「……す、素晴らしい……なんて素晴らしいのでしょう……至高なる御方、このヒヤを、どうかお導きくださいませ」

「フリオ様……アタシ、あんたのためならなんでもするよ……だから、あんたの魔法を教えてくれ……そのためなら暗黒大魔法を捨てたってかまわない……」

共に感涙を流しながらフリオを見つめ続けている二人。

そんな二人を前にして、フリオはその顔に苦笑いを浮かべた。

「い、いや、そんなに凄《すご》い事じゃないってば。ちょっと出来るかなと思ってやってみたら出来ちゃっただけでさ」

にじり寄ってくるヒヤとダマリナッセ。

両手を胸の前で広げながら、フリオは後ずさりする。

その横で、ゴザルは腕組みをしていた。

「それでフリオ殿よ、魔導船をこんなに量産して、何をしようというのだ？」

「魔導船なんですけど、今は試験的にクライロード城下街と、魔王山ぷりんぷりんパークの間を往復する定期便が運航しているじゃないですか。あの行路をもっと増やしたいと思っているんです」

「行路を？」

「えぇ、この魔導船で各地を結ぶことが出来れば、人や物の往来が活発になると思うんです」

「ふむ……」

フリオの言葉に、ゴザルは思考を巡らせる。

「……なるほど、確かにこれは面白い。やってみる価値はありそうだな……だが……」

何か言いかけたゴザルは、その言葉を呑《の》み込んだ。

（……もし、この魔導船を悪用しようとする者に奪われたら、と思ったのだが……いや、フリオ殿が管理していれば、その心配もないか……）

そんなゴザルの眼前で、フリオは魔導船を見上げ、

「この魔導船で、この世界全ての人たちが幸せになるお手伝いが出来たら嬉しいんですけど」

そう言いながら、その顔にいつもの飄々とした笑みを浮かべていた。

◇とある森の奥深く◇

とある地方のとある森の中、木々が囲む一角にこぢんまりとした木造の小屋が一軒立っていた。

この小屋……

魔王軍四天王の一人であった双頭鳥《そうとうちょう》フギー・ムギーが人族の姿に変化して暮らしていた。

その家の中から、複数の女の声が響いていた。

「だから！　アタシが一番最初にフーちゃんと出会ったの！」

リビングの中、腕組みしているカーサは、胸を張りながら他の二人をにらみつける。

その視線の先の一人、司祭の服装を身につけているシーノが勢いよく立ち上がった。

「運命の出会いに早い遅いなんて関係ありませんわ！　大切なのは気持ちです、気持ち！」

シーノはそう言うと、カーサをにらみ返す。

すると、シーノの隣に座っていたマートが勢いよく立ち上がった。

「私はフギー・ムギー様に命を助けていただいたのでございます。だからこそ、フギー・ムギー様のお側《そば》に一生お仕えしてご恩をお返しさせていただきたく思っております」

そう言って、カーサとシーノを交互ににらみつけていくマート。

三人はテーブルをはさんで三つ巴《どもえ》状態で睨《にら》み合っている。

その様子を、人型に変化しているフギー・ムギーは、大きなため息をつきながら見つめていた。

「「まったく……いつまでそのことでもめてるなりか？」」

フギー・ムギーがそう言うと、三人は一斉にその視線をフギー・ムギーへ向けた。

「あのさ、フーちゃん。これ大事なことなのよ！　アタシ達《たち》は三人いるけど、フーちゃんは一人じゃない」

「そうなのですわ。だからこそ、私達はその一つだけの席を巡って話し合いをしているのです」

「私としましては、召使い枠でもかまわないのですが……ただ、本音といたしましては、やはり一番お側に寄り添いたいと……」

ソファに座っているフギー・ムギーに三人がにじり寄る。

その迫力を前にして、フギー・ムギーは思わず背を仰《の》け反《ぞ》らせた。

「「さ、三人とも……なんか迫力がすごすぎるなりよ」」

「そりゃそうだよフーちゃん。みんな一生がかかっているんだから、必死なんだよ」

「私達の話し合いで、フーちゃんの奥様になれなかった女性は、潔く身を引くことになっておりますの」

「でも……フギー・ムギー様にお会い出来ない生活なんて、今更考えられません……」

更にフギー・ムギーににじり寄る三人。

三人の顔が、フギー・ムギーの眼前に迫っている。

そんな三人の顔を、交互に見つめていくフギー・ムギー。

「つ、つまり、みんなは僕の奥さんになりたいなりか?」

「「「はい!」」」

フギー・ムギーの言葉に、三人は一斉に返事をしながら頷《うなず》く。

全員、頬を赤く染めながら、ジッとフギー・ムギーを見つめている。

フギー・ムギーはそんな三人を改めて見回した。

「「そうなりか……確かに僕は三人の事は好きなりよ」」

「そ、それは嬉《うれ》しい言葉だけど……」

「奥様になれるのは一人ではないですか」

「ですので……」

「「大丈夫なりよ。三人みんなと結婚出来るなりよ。僕、魔族なりから」」

「え?」

「はい?」

「あら?」

フギー・ムギーの言葉を聞いた三人は、目を丸くしながらその場で固まった。

フギー・ムギーの言う通り、魔族は人族と違って三人まで妻を娶《めと》る事が出来るのである。

「ふ、フーちゃんって、魔族だったんだ……」

「「そうなりよ、ほら」」

そう言うと、自らの背に双頭鳥《そうとうちょう》の羽を具現化させるフギー・ムギー。

「この羽って……亜人のではないのですね」

「「そうなりよ。なんなら巨大化してみせるなりか？」」

「あ、いえ……そこまでは大丈夫です……でも、いつかフギー・ムギー様の背中に乗ってお空のデートもいいですね」

マートはうっとりした表情を浮かべながら、フギー・ムギーの胸に顔を寄せる。

「「まぁ、魔族と人族も休戦協定を結んだなりし、特に問題もないと思うなり。そんなわけで、よかったら三人とも僕と結婚してくれるなりか？」」

フギー・ムギーは、そう言うと三人を抱きしめた。

その腕の中で、三人は幸せそうな笑みを浮かべていた。


——半日後。

フギー・ムギーの小屋の中から、三人の女の声が響いていた。

「だから！　アタシがフーちゃんと一番付き合いが長いんだから、当然アタシが第一夫人でしょう！」

「そんなの許せませんわ！　私が一番深い愛を持っておりますの！」

「私が一番深いご恩を受けておりますので、やはり私が第一夫人では……」

……そう。

フギー・ムギーが魔族のおかげで三人とも結婚出来ることになったのだが、今度は誰が第一夫人になるかで揉《も》め始めていたのであった。

すでに半日近く話し合いを続けている三人。

そんな三人を見つめながら、フギー・ムギーは疲れきった表情を浮かべていた。

（……女って、どうしてこう色々揉めるなりかねぇ……）

そんな事を考えているフギー・ムギーの前で、三人の話し合いは未《いま》だに終わりそうもなかった。

◇魔族魔獣事件が解決した数日後・魔王城玉座の間◇

この日魔王ドクソンは、玉座の前の床の上に座っていた。

まだまだ未熟な自分には玉座に座る資格はないと、いまだに玉座に座ろうとしない魔王ドクソン。

そんな魔王ドクソンの前に、四人の魔族がひれ伏していた。

「おう、お前達がウルゴファミリーの当主デミと、その部下達か？」

「は、はぃぃ……」

魔王ドクソンの言葉に、ビクッと身を震わせるデミ。

（……まままま魔王ドクソン様から直々の呼び出しだなんて……ややややっぱりあれかしら……昔パパ達が反乱軍に参加していたってことで処罰されちゃうのかな……）

心臓がバクバクし、額からは脂汗が滴り続けている。

その後方に控えているゲンブーシン達も同様に、額から汗を滴らせ続けていた。

そんな四人の横に、魔王ドクソンの側近であるフフンが歩み寄った。

「ウルゴファミリーの皆様、魔王軍に所属するおつもりはありませんか？」

「……へ？……あ、あの、処罰じゃないんですか……」

フフンの言葉に、デミは思わず目を丸くする。

そんなデミの言葉に、魔王ドクソンは笑みを浮かべた。

「あぁ、ウルゴファミリーが昔、反乱軍に参加してたってのは知ってるが、もう忘れた。それよりもだ、こないだ青い魔族魔獣を退治し、誘拐されていた魔族の救出をした、その褒美ってわけだ」

「あ……え、っと……で、でも私達、結局一体しか倒せなかったのですけど……」

「あぁ、それで十分だ。で、どうだ？　受けるのか？　受けねぇのか？　まぁ、受けなくても罰を与える気はねぇからよ」

魔王ドクソンの言葉に、ぱぁっと表情を明るくするデミ。

「は……はい！　わ、私のような若輩者でよろしかったら、魔王ドクソン様のために全身全霊でお仕えさせていただきますぅ！」

その場で土下座するデミ。

後方の三人も、同様に額を床に擦《こす》り付けていく。

（……こ、これで……ウルゴファミリーを復興させることが出来る……）

デミの目に、涙が浮かんでいた。

その光景を見つめていた魔王ドクソンは満足そうに頷いていた。

――数日前。

魔族魔獣事件が解決した翌日。

ガッポリウーハーが変化した屋敷のリビングで、魔王ドクソンはドリルブルドーザースコップ姿の金髪勇者と会話を交わしていた。

「い、いや……なんでもない……ご、ゴホン、それよりもだなドクソンよ、ひとつ頼みがあるのだが」

「おう、何でも言ってくれ兄弟」

「うむ。今回、青い魔族魔獣を退治したウルゴファミリーという者達にも何か褒美を与えてやってほしいのだ」

「ウルゴファミリーっていやぁ……」

「はい、ザンジバル様が反乱を起こされた際に、それに呼応して決起した魔族の一族でございます。ただ、当時の当主はすでになく、今はその娘が当主を引き継いでいたはずです」

右手の人差し指で伊達《だて》眼鏡を押し上げながら、手元の資料を読み上げるフフン。

「そうか……なら、魔族の幹部として取り立ててやるか。四天王に取り立てたザンジバルもいるし問題あるまい」

「わかりました。ではその方向で対処いたします」

伊達眼鏡をクイッと押し上げながら一礼するフフン。

——魔王城・玉座の間。

数日前のやり取りを思い出しながら、

（……昔の俺なら、問答無用でぶっ飛ばしていたところだが……）

満足そうに頷く魔王ドクソン。

その光景を、横に控えて見ていた四天王の一人、悪魔人ザンジバルは、満足そうに頷いていた。

「かつて反旗を翻した者であろうと、有能であれば用いる……まさに魔王にふさわしい振る舞いですな。このザンジバル、心より感服いたしました！」

その隣で、同じく四天王の一人である同じ悪魔人のベリアンナがクスクス笑っている。

「クッソザンジバルのおっさん良いこと言うじゃん！　魔王ドクソン様ってば、このアタシを四天王に抜擢《ばってき》してくれたってだけでクッソ最高の魔王様だもんな」

そんなベリアンナを、大きな注射針を抱えている四天王の一人・幼女型狂科学者《ロリータタイプマッドサイエンティスト》のコケシュッティが、複雑な表情で見つめていた。

（……えっとぉ……でもでもですねぇ……治療しか取り柄のない私なんかを四天王にとりたてられたのは、いかがなものかと思うのですです……）

いまだに自分が四天王に選ばれていることが納得出来ていないこともあり、ガタガタ震え続けている。

そんな一同の前で、歓喜の声をあげているデミ達ウルゴファミリーの面々。

「というわけで、だ。これからもよろしく頼むぞお前ら」

「「「はい！」」」

玉座の間に、魔王ドクソンに忠誠を誓う魔族達の声が響いていった。

◇クライロード城・姫女王の部屋◇

「え～～～～～～～～～～～～～～～～～!?」

姫女王様の部屋の中、姫女王の年の離れた妹、第二王女ことルーソックは素っ頓狂な声をあげた。

「ちょ、ちょっとエリザベート姉さん、それマジ？」

「ちょっとルーソック、マジ、とか俗な言葉を使うものではありません」

ソファに座っている姫女王は、ルーソックをたしなめる。

その視線の先、ソファに深々と座っているルーソックは、いかにも冒険者といった服装を身につけていた。

「いや、でも、あのさぁ……インドル国から、闇商会討伐協力依頼を受けてさ、早馬を飛ばしてさ、あのクソあっつい砂漠の中を休みなくかけ続けてさ……ぶっちゃけ最短でクライロード城《ここ》まで帰ってきたんだよアタシ……そんなアタシより先にさ、インドル国の闇商会が壊滅したってお知らせが届いているってさ、しかもそれを討伐したのがフリース雑貨店の奥さんだったなんてさ……」

興奮した様子で一気にまくし立てるルーソック。

そんなルーソックの前で、姫女王は苦笑した。

「あのですね、ルーソック。そのフリース雑貨店様が、新たに魔導船を開発なさったのです」

「いや、それは知ってるさ。休戦協定を結んだ魔王領とクライロード城下街を定期的に往復している、あれだよね？」

「確かにあれもそうなのですが、今回新たに五隻の定期魔導船の就航準備をなさっていまして、その試験運航として、そのうちの一隻がインドル国まで往復なさったのです。その際にインドル国王からの新書を預かって来てくださったのですわ」

「え？　は？……あの……エリザベート姉さん、その魔導船って、インドル国とクライロード魔法国を何日で往復出来るんだい？」

「えっと、お聞きしたところでは、確か半日……」

「半日ぃ!?」

その言葉を聞いたルーソックは、一度ソファから立ち上がりその場で固まってしまう。

ルーソックはしばらく固まった後、再びソファにどっかと腰を下ろした。

「マジかぁ……んじゃ、アタシが一ヶ月かけて帰って来たのって……マジかぁ……」

その顔に乾いた笑いを浮かべながら、天井を見つめているルーソック。

「あの、ルーソック。あなたが外交交渉のために各国を回ってくれていたおかげで、本当に助かっていたのですわ。でも、この魔導船が正式に就航すれば、あなたの苦労も少しは楽になると思うのです」

「……確かに！」

姫女王の言葉を聞いたルーソックは、椅子に座り直した。

「だよね、そうすりゃ、アタシも西に東に南に北にって、年がら年中旅を続けなくてすむわけだ」

「ええ、そういうことですわ」

姫女王様の言葉に、嬉しそうに頷くルーソック。

「そうなったら、アタシも本気で彼氏をさがせるじゃん。アハ、なんか楽しくなってきた♪」

「か、彼氏って……ですからルーソック、言葉遣いをもう少しですね……」

苦笑しながら、ルーソックをたしなめる姫女王様。

「あ……彼氏といえばエリザベート姉さん」

「はい？」

「ガリルっちとはいつ結婚するの？」

ぶふっ
ルーソックの言葉を受けて、姫女王は思わず紅茶を噴き出した。

そんな姫女王の隣に移動し、体をすり寄せていくルーソック。

「スワンから聞いてんだよ？　なんかフリース雑貨店の長男君といい雰囲気なんでしょ？」

「ご、ごほっ……いえ、あの……」

「婚約してるんなら、さっそくアタシがひとっ走り各国に連絡してくるけどさ？」

「あ、あの……まだ、そこまでは……」

「『そこまでは』ってことは、付き合ってはいるんだ！」

「あ、あの……それは……」

「ねぇねぇ、詳しく教えてってば！　アタシが恋バナに目がないの、知ってるっしょ！」

「あの……そういうのは、大事にしたいといいますか……」

真っ赤になりながらそっぽを向く姫女王。

そんな姫女王を逃がすまいと、腕を摑《つか》んで離さないルーソック。

このやりとりは、この後夕食時間になるまで延々続いていった。

◇ホウタウの街・フリオ工房◇

この日、フリオ工房の中にはグレアニールをはじめとした魔忍族の面々が集まっていた。

元魔王軍諜《ちょうほう》報機関『静かなる耳』にして、現フリース雑貨店の仕入れ運搬部隊の面々。

そんな面々の前に、船の操舵《そうだ》が設置された台座が五つ並んでいた。

グレアニールが握っているのはその操舵の一つ。

周囲には、青空が広がっていた。

「この疑似操縦訓練操舵台……すごいのです……操舵を握ると目の前に外の光景が映し出されて、操縦した通りにその光景が切り替わるのですから……」

グレアニールは操舵しながら、感嘆の声をあげる。

同時に、操舵訓練を行っている他の魔忍族の者達も、一様に感嘆の声を上げながら舵《かじ》を操作し続けていた。

そんな面々の様子を笑顔で見つめているフリオ。

「今後は、魔導船を一度に六隻、定期的に運航していくことになるからさ、みんなには今から操舵の訓練をしてもらおうと思ってね」

フリオの言葉に、表情を引き締めながら操舵していくグレアニール達。

疑似コースの中には、途中いきなり前方に高い山が出現したり、巨大な飛行魔獣が接近してきたりと、様々な突発事案がランダムに仕込まれており、それらの事案に冷静に対処しながら目的地まで到達する訓練が繰り返されていた。

「この間、インドル国まで試験運航を行ったわけだけど、基本的にはあんな感じなんだ。突発事案は滅多に起きないとはいえ、常に対処出来るように対応方法を身につけておいてほしい」

フリオの言葉を受けて、表情を引き締めながら操舵していく面々。

先に、一度目の訓練を終えて、順番待ちの列に戻っていたグレアニールが、

「あの、フリオ様……」

フリオに向かって右手を挙げた。

「どうかしたのかい、グレアニール」

「はい、少し気になったのですが、この魔導船が就航したら、いつもの荷馬車の運行はどうなるのでしょうか？」

「あぁ、それは今までどおり運行してもらうよ。魔導船は基本的に遠方にある主要都市と主要都市の間を結ぶ経路で運航するからさ、荷馬車はそれ以外の地域への物資輸送などを行ってもらう予定

にしているんだ」

「そうですか……」

フリオの言葉に、グレアニールは安堵《あんど》の息を漏らした。

そんなグレアニールの様子に首をひねるフリオ。

「ん？　何かあったのかいグレアニール？」

「あ、いえ、別になんでもございません、彼が引っ張る荷馬車に乗れなくなるのかな、と思ったらちょっと寂しく……」

そこまで言葉を続けたグレアニールは慌てて自分の口を押さえた。

（……し……しまったぁ……わ、私ってば、何で本音を口走っているのぉ……）

そんなグレアニールを、周囲の魔忍族の面々が見つめていた。

「……彼？」

「……あぁ、あのスレイプ様の部下の」

「……あら、みんな知らなかったの？」

「……結構有名よ」

周囲の魔忍族達は、わざとグレアニールに聞こえるように、ひそひそ話を続けている。

その言葉を聞きながら、グレアニールは耳まで真っ赤にしていた。

「あ……あの……所用を思い出しましたゆえに、これにて失礼！」

足元に、煙玉を叩《たた》きつけるグレアニール。

グレアニールの周囲が煙に包まれていき、その煙が消え去った後には、グレアニールの姿は跡形もなく消え去っていた。

その光景を見つめていた魔忍族達は、思わず笑い声をあげた。

「もう、みんな祝福してるのに」

「早く正式に付き合えばいいのにね」

「でも、あの堅物のグレアニールだしねぇ」

「まぁ、みんなで温かく見守ってあげましょう」

そんな会話を交わしている魔忍族の面々。

それを見つめていたフリオは、その顔にいつもの飄々《ひょうひょう》とした笑みを浮かべていた。

「さぁ、雑談はここまでにして、みんな訓練を再開しようか」

「「「はい！」」」

フリオの言葉を受けて、魔忍族達は一度気を付けをしてから一礼した。

操舵訓練を行っている五人は、会話に加わることなく訓練を続けていた。

その様子を、フリオは満足そうに見つめながら、一度頷いた。

――その日の夕方。

訓練を終えたフリオは、自宅近くの森の中を歩いていた。

「リルナーザを連れて湖まで行くのって、はじめてだったかもしれないね」

「はいです！　とっても楽しみなのです！」

フリオと手をつないで歩いているリルナーザは、嬉しそうに笑みを浮かべていた。

フリオと反対側に立っているリースも、リルナーザと手をつないでいる。

「いつもは家の周りを元気に駆け回っているんですすけどね」

「はい！　家の周りで遊ぶのも大好きです！」

リースへ視線を向けると、再び笑顔になるリルナーザ。

そんなリルナーザの少し前を、一角兎《ホーンラビット》姿のサベアが、

『ふんす！　ふんす！』

と、声をあげながら先導していた。

「……あら？」

森の中を進んでいたリースが、周囲を見回した。

「どうかしたのかい、リース？」

「えぇ……大したことではないのですが……」

そう言うと、森の一角へ視線を向けたまま、ジッとするリース。

「……ん？」

フリオもまた、常時発動している気配探知魔法が何かの反応を捉えたらしく、リースと同じ方向を見つめる。

ドドド……

「……うん？」

ドドドドドド……


二人が見つめている方角から、何かの足音が聞こえてきた。

その足音はかなりの速さで近づいており、徐々に大きくなっている。

リースはその方向へ足を踏み出すと、

「どうやら魔獣のようですわね。旦那様、ここはお任せくださいませ」

牙狼《がろう》の耳と尻尾を具現化させ、前方の草むらに向かって身構えた。

その横で、フリオが首をひねった。

「……あれ、この反応って……」

そんな事をフリオが考えている中、草むらの向こうから近づいてくる魔獣の姿が見えてきた。

その姿を見たリースが思わず表情を曇らせた。

「……だ、旦那様……あれって、まさか……」

「うん……僕もそうじゃないかと思うんだ……そういえば、ゾフィナさんが一匹逃げ出して行方不明だって言ってたし……」

「でも……よりによってアイツですか……」

ため息を漏らしながら、リースは両手の爪を伸ばして身構える。

そんな一同の前に、まず小型の魔獣が飛び出して来た。

その魔獣は、一直線にリルナーザへ飛びついていく。

「大丈夫ですよ！　もう大丈夫ですから」

その小型の魔獣を抱きしめたリルナーザは、優しく抱きしめながら声をかけていく。

その後方から、大型の魔獣が駆け込んで来た。

「ちょっと待ってよ、可愛《かわい》い可愛い一角兎《ホーンラビット》ちゃ～ん！　ボクちゃん、この世界に一人で迷い込んじゃって寂しくて仕方ないのぉ。と、いうわけでボクちゃんと……」

そこまで言ったところで、その魔獣の顔面にリースの回し蹴りが食い込んだ。

「このエロ神獣。なんでこの世界にいるのですか！」

「だ、誰かと思えば、素敵なお胸のお姉様じゃありませんか～……（ガク）」

リースの回し蹴りの直撃をくらったその魔獣は、たてがみをなびかせながら地面の上に倒れ込む。

意識を失ったらしく、ピクピクしながら手足を痙攣《けいれん》させていた。

フリオとリースはその魔獣を見下ろす。

「……まさか、本当に神獣ラインオーナがこの世界に逃げ込んでいたなんて」

「えぇ、ホントに、良い迷惑ですわ……しかも、自分の体の半分にも満たない小さな魔獣に襲いかかっていたなんて」

気絶しているラインオーナを見つめながら、頬を膨らませているリース。

「そういえば、さっきの一角兎《ホーンラビット》は……」

振り向くフリオ。

その視線の先では、先ほど逃げて来た一角兎《ホーンラビット》を抱きとめたリルナーザが、その一角兎《ホーンラビット》をサベアの前に降ろしているところだった。

「サベア、この一角兎《ホーンラビット》さんね、とっても怖い目にあったところなの。サベアは同じ一角兎《ホーンラビット》さんだから、慰めてあげてくれるかな？」

優しい声で話しかけるリルナーザ。

そんなリルナーザの前で、サベアは二歩足で立ち上がると、

『まかせて！』

とばかりに、右前足で胸をドンと叩いた。

すると、そんなサベアに、もう一匹の一角兎《ホーンラビット》は、恐る恐る近づいていく。

その一角兎《ホーンラビット》に、首を傾けながら近寄っていくサベア。

しばらく、互いの角を突き合わせながらコンタクトしていた二匹は、仲良く体をすり合わせはじめたのだった。

その光景を、笑顔で見つめているリルナーザ。

「うんうん。二人とも仲良しになってよかったのです。二人ならきっと仲良くなれると思ったのです」

笑顔で、二匹の頭を撫《な》でるリルナーザ。

サベアと、もう一匹の一角兎《ホーンラビット》は、今度はリルナーザに近づくと、その足に体をすり寄せていった。

そんな二匹を、リルナーザは笑顔で撫でている。


その光景を、笑顔で見つめているフリオとリース。

「あの一角兎《ホーンラビット》、雌みたいだけど……」

「そうですね、サベアのお嫁さんに……ってところでしょうか？」

「そうなるかどうかはわからないけど、あんなに仲良くなっているし、リルナーザにも懐いたみたいだし、とりあえず家に連れて帰ってあげようか」

「ええ、いいのではありませんか」

フリオの言葉に、笑顔で頷くリース。

しかし、次の瞬間には一転して眉間にシワを寄せながら後方を振り返った。

「……ところで旦那様、この自称神獣はどういたしますか？」

その言葉に、フリオは苦笑いを浮かべる。

「神界のゾフィナさんに連絡を入れたから、そろそろ回収に来てくれると思うよ」

フリオの言葉に、安堵の息を漏らすリース。

「よかったです……この自称神獣を保護するのはちょっと……」

その後方では、リルナーザとサベア、もう一匹の一角兎《ホーンラビット》までもが首を左右に振っていた。

その様子を見回したフリオは、

「じゃあ、ラインオーナをゾフィナさんに回収してもらったら、改めて湖に行くことにしようか」

フリオの言葉に、リース達は一斉に頷いた。

あとがき

この度は、この本を手にとっていただきまして本当にありがとうございます。

気がつけば、ＬＶ２チートも皆様のおかげで九巻を出版していただけることになりました。

前回に引き続き、今回も糸町《いとまち》先生作のコミカライズ版と同時発売になっており、私もとても楽しみにしております。

今巻では、金髪勇者の活躍をいつも以上にお届けしております。フリオ家とは対極の存在としてＬｖ２チートワールドを支えている金髪勇者達《たち》を今後ともよろしくお願いいたします。

色々なエピソードが一冊の中で絡み合って最後にすべてまとまっていくスタイルでお届けしているわけですが、時々辻褄《つじつま》を合わせるのに頭をひねることもしばしばです。そんな中でも頑張れているのはいつも応援してくださっている皆様のおかげです。本当にありがとうございます。

コミックガルド様より刊行されますコミカライズ版「Ｌｖ２チート」の二巻も何卒《なにとぞ》よろしくお願いいたします。

最後に、今回も素敵なイラストを描いてくださった片桐《かたぎり》様、出版に関わってくださったオーバーラップノベルス及び関係者の皆さま、そしてこの本を手に取ってくださった皆様に心から御礼申し上げます。

二〇二〇年一月　鬼《き》ノ城《じょう》ミヤ

Lv2からチートだった元勇者候補のまったり異世界ライフ 9

発行　2020年1月25日　初版第一刷発行
2024年3月1日　第二刷発行

著者　鬼ノ城ミヤ

イラスト　片桐

発行者　永田勝治

発行所　株式会社オーバーラップ
〒141-0031
東京都品川区西五反田8-1-5

校正・DTP　株式会社鷗来堂

印刷・製本　大日本印刷株式会社

ISBN 978-4-86554-603-3 C0093

【オーバーラップ　カスタマーサポート】
電話　03-6219-0850
受付時間　10時～18時（土日祝日をのぞく）

作品のご感想、ファンレターをお待ちしています

あて先：〒141-0031　東京都品川区西五反田8-1-5 五反田光和ビル4階　ライトノベル編集部
「鬼ノ城ミヤ」先生係／「片桐」先生係